反抗世界，
反抗人生

H.P. 洛夫克拉夫特传记

H.P. LOVECRAFT

CONTRE LE MONDE, CONTRE LA VIE

Michel Houellebecq

[法] 米歇尔 · 维勒贝克 著

金桔芳 译

上海译文出版社

目 录

序 一

洛夫克拉夫特的枕头

史蒂芬·金

米歇尔·维勒贝克所著的长篇随笔《反抗世界，反抗人生》混合了评论式的感悟、狂热的致敬和善意的传记——某种学术性的情书，甚至是世界上第一封真正的精神求爱信。问题是，一个沉闷至极、艰深晦涩的题材是否值得贡献如此丰富和出人意料的创造力爆发？这个死去多年的低俗杂志作者，美国的约翰生[1]，配得上这样一位博斯韦尔吗？维勒贝克认为，洛夫克拉夫特配得上，并且甚至在二十一世纪他仍然很重要。

我认为，他说得对极了。

你曾经吓到过自己吗？

这是一个但凡对怪异、超自然或诡死有所涉猎的作家都会

[1] 塞缪尔·约翰生（Samuel Johnson，1709—1784）：英国文人，集文评家、诗人、散文家、传记家于一身。前半生名声不显，直到他花了 9 年时间独力编出的《约翰生字典》为他赢得了声誉及“博士”的头衔，博斯韦尔后来为他写的传记《约翰生传》记录了他后半生的言行，使他成为家喻户晓的人物。

被无数次问到的问题。我相信洛夫克拉夫特也不例外，并且不管被问到多少次，他都会带着一贯的严肃和礼貌做出回答。当然，他不可能像某位作家那样，在我几年前曾参加过的世界恐怖小说大会上回敬道："我曾经撒过尿吗？"

很粗俗，确实，但这个回答还不赖。因为所有触及这一文学领域的作家都曾吓到过自己。在深邃的坑道里干了一辈子的矿工会咳嗽。吉他手的指尖长满老茧。办公室的白领在过了五十岁之后走起路来常常弯腰驼背。这是职业风险。而写恐怖故事的人也有他的职业风险：有时想象力走得太远，便会带来恐惧。这是我们这一行常有的，几乎所有忙于制造恐惧的作家都不会对短暂的战栗*[1]报以比矿工对咳嗽或吉他手对老茧更多的关注。

但这个问题带出了另一个。问一群专写恐怖和超自然小说的作家：他们有没有因为害怕而不敢写的故事？这时，他们会两眼发亮。因为我们谈论的不再是枯燥无味的职业风险；我们在谈论本行，一点儿都不枯燥。

我有过至少一次这样的经历。那是在我第一次参加世界奇幻大会的 1979 年，至今已年代久远。这次大会恰巧就在洛夫克拉夫特的故乡普罗维登斯举办。一个周六的下午，我在街上信步而行（当然心里想着，洛夫克拉夫特是否也曾在那里流连），经过一家典当铺的橱窗。像通常那样，橱窗里堆满了各色物

---

[1] 带星号的楷体字在英文原文中为法语。（原注/法语版编者注）

件，有电吉他、闹钟收音机、手动剃须刀、萨克斯、戒指、项链——还有各种枪支弹药。

然而，正当我仔细端详这旧货铺子的时候，从我脑后传来“我有个灵感”先生从沙滩椅上发出的声音，这种事时有发生，但没有一个作家说得上来为什么[1]，他对我说：“如果，这橱窗里有一个枕头呢？一个简简单单的旧枕头，塞在一个脏兮兮的棉布枕套里。如果有一个作家——比如像我这样的作家——很想知道为什么要陈列这样一个物件，于是他走进去问当铺老板，后者回答说：‘这是洛夫克拉夫特的枕头，他每晚枕着它入眠，在上面做了各种千奇百怪的梦[2]，甚至也许还是靠着它死去的。’”

读者啊，我记不得——即使现在已经过去四分之一个世纪了——还有比这更让我背后直冒冷汗的灵感。洛夫克拉夫特的枕头！就是那个在他陷入无意识的时候枕着他那窄长的头颅的枕头！《洛夫克拉夫特的枕头》将是，当然啦，我下一部小说

[1] 我曾在这样那样的场合声称，“我有个灵感”的时刻发生在当我们以一种全新的方式或者在新的场景中感受到某些极度平常的东西的时候。这样回答通常可以让人们闭嘴，因为听起来很是那么回事。事实上，确实是那么回事，并且那也是一种“我有个灵感”的时刻，但除此之外还有别的。什么呢？我说不上来，尽管那么多年过去了。但我可以说，有时这就好像当头挨了一枪子儿似的。（原注）

[2] 想要知道洛夫克拉夫特做了什么梦，可以去看看维勒贝克，他在小说中运用了很多洛夫克拉夫特的梦。（原注）

的名字……我急忙赶回下榻的酒店，决定把预定事项放到一边（两场圆桌会议和一场晚宴），开始写作。我走在路上，大量的细节清晰地浮现在我脑间：我看到了织物微微发黄的色泽；我看到一块匪夷所思的棕色圆形污渍，可能是从睡梦者薄薄的嘴唇边流下来的口水；我还看到一滴颜色更深的褐色——那显然是一滴鼻血。

我可以听到囚禁在枕头中的梦在低沉地吼叫。是的！我听到 H. P. 洛夫克拉夫特的噩梦在闲言碎语。

如果我即刻便按原计划动手，我几乎可以肯定这个故事现在已经写出来了。然而，当我沿着走廊走向位于十二楼的酒店客房的时候，从旁边房间钻出来一个搞笑高手，他往我手里塞了一瓶啤酒，把我推到了一群瞎扯得正欢的作家中间。然后，（终于）圆桌会议开始了，（自然）还有晚宴，（免不了）又喝个酩酊大醉，（当然）还有高谈阔论。期间不免聊到洛夫克拉夫特，我聊得兴致勃勃，但一直没有去写那篇小说。

晚间就寝之后，我又开始想这件事，在午后的柔光中显得那样神奇的东西在黑暗中变得阴森恐怖。我想到他写的那些故事，你们知道，那些装在他窄窄的脑袋里的恐怖故事，和枕头只隔着一层薄薄的骨头……其中最棒的几篇——被维勒贝克称为“大文本”——在整个美国文学中具有独一无二的恐怖力量，至今仍所向披靡。相当具有讽刺意味的是，洛夫克拉夫特唯一的对手可能是二十世纪中叶的黑色*小说作家大卫·古迪斯，后者的语言和洛夫克拉夫特完全不一样，但他和洛夫克拉夫特一样无法停止，无法说出“好了，够了”，他们出于神经质的本能，一刻不停地需要在现实的中流砥柱上打洞。古迪斯被遗忘了，但洛夫克拉夫特没有。为什么？我认为，那是因为，和古迪斯不一样，H. P. L. 狂热的尖锐被某种沉重的诗意和瑰丽的想象平衡了。他恐怖的呼喊是清醒的。

就这样，我靠着自己的枕头难以入眠，寻思着是否真的要把所有这些写进我的小说里。这个想法很可笑。尝试后遭遇失败将是悲惨的。但想要成功，需要付出比一篇短篇大得多的精神上的代价（也许果戈理的短篇，或者洛夫克拉夫特自己的短篇除外……）——更别提胆量了。想到要把如此毛骨悚然的想法长留心间，直到小说写成，即便是短篇小说，那也已经足够令人知难而退了。我感到自己就像是站在阿卡普尔科悬崖上的跳水爱好者，要看一眼确定自己没有站错方向可以往下跳，只有这么做了，才会感到心安理得。但我花了太长时间来斟酌跳与不跳以及跳下去的可能后果，这令我不知如何是好。

《洛夫克拉夫特的枕头》并没有在普罗维登斯的那个周末被写出来，之后也没有。如果读者你想试试，那我就把它让给你……还有那些在计划付诸实践的时候必然随之而来的噩梦。就我自己来说，我再也不想钻进洛夫克拉夫特的枕头里，或者去拜访那些可能至今还被困其中的梦，我隐隐感觉到，米歇尔·维勒贝克和我持一样的观点。

维勒贝克怀着非学院派的激情亮出了一些将会引发争议和讨论的观点。我本人也对其中一些表示怀疑。生活真的是痛苦且令人失望的吗？痛苦，可能吧，但仅仅是有时候；令人失望，也许吧，但只对有些人而言。继续写现实主义小说是无用的吗？我想在过去十四年之间写了大约两千页作品的汤姆·沃尔夫[1]可能有完全不同的看法。我们对人类的好奇心消退了吗？啊，亲爱的维勒贝克！我每天都至少碰到六十个人，其中四十人令我好奇到想要尾随他们回家，好看看他们究竟在干嘛。

还有其他一些言论——最有争议的当属洛夫克拉夫特对性的漠然和对弗洛伊德的排斥[2]——但我们不应该为此多费口舌，而应该去关注别的东西：如果这个前言写得太长，就会把书本身给吞没了。不管怎么样，维勒贝克的基本观点——洛夫克拉夫特是二十世纪美国最重要的作家之一——即便不是毫无争议，至少也越来越难以反驳了，因为近几十年来，他的书不断重版，作品越来越多地在美国和美国之外的文学课堂上得到

[1] 汤姆·沃尔夫（Tom Wolfe, Jr., 1930—2018）：美国作家和记者，1950 年代后期开始致力新新闻写作，被誉为“新新闻主义之父”。

[2] 我们可以说，诸如《敦威治恐怖事件》和《疯狂山脉》之类的“大文本”通篇都在讲性，当克苏鲁出现在洛夫克拉夫特的小说中时，我们看到的是一个来自时空之外，长着触手的巨大杀人阴道。我并不是要轻率地看待 H. P. L.；我只是强调，如果我们从心理分析学的角度看待旧日支配者们，尤其是从 H. P. L. 那个时代的心理分析学来看，那真是好戏连台了。（原注）

研究。比洛夫克拉夫特的文学重要性——维勒贝克为此摇旗呐喊——更重要的，是他不仅受到成年读者的欢迎，而且他对于某一群富于想象的中坚作家来说仍然至关重要，他们通过为一代人书写奇谈怪事，绘制出了这一代人最深切的恐惧地图。我并不是文学领域的社会学分析爱好者，但我认为，对每一代人来说，作为常规文学的表姐妹（有时甚至是双胞胎姐妹），怪奇文学为我们提供了有关它诞生于其中的社会的宝贵信息。如果我们研究一下究竟是什么把一代人吓坏了（或者你也可以说，民族的枕头里究竟装着什么噩梦），那么在小说面世的时代里发生在别的领域的很多决策——法律、伦理、经济甚至军事方面的——十有八九便一目了然了。

但是，让我们把这些心理学和社会学的东西都放到一边吧。那都是些不明所以的东西，一些拼拼凑凑的小玩意儿，为的是让那些文学大厦里的间谍有事可做，那些唯唯诺诺的大学学者们（他们的数量与日俱增）能随便抓住一根稻草不放，却闭口不谈情节、语言和想象力——那是小说美好的基因——因为他们无法面对一种过于真实的可能性，那就是一节几乎没有笔记的长达五十分钟的课——那才是真正恐怖的：死寂的空气和学生们盯得死死的目光。

不论我与维勒贝克在一些猜测和结论上存在多少分歧，我完全同意他的核心观点：洛夫克拉夫特的作品与世界和人生为敌。作为怪奇文学的读者和作者，我立即就理解了，维勒贝克通过这本书指出了我很久以来就感觉到但从来不知道如何表达的一点：怪奇文学、恐怖文学和超自然文学向着真实的世界及其愿想之下的现实发出了一声洪亮的“不”。而且，尽管维勒贝克并没有那么说，但他对洛夫克拉夫特的敬仰在向世人昭告：想象力越大，作家和读者之间的连结便越强，这一声“不”便越是掷地有声，令人信服。维勒贝克用书中的章节标题展示了洛夫克拉夫特运用何种技术发出这一声断然的“不”，如果我在这里将标题串联在一起，应该不会损害他整体的目的：

> 向叙事发起进攻，如一场光芒四射的自杀，向生活坚定地说出大写的“不”；那么，您将看到一座雄伟的教堂，而您的感官是不可描述的错乱之矢量，它将勾画出一场彻头彻尾的谵妄，而后者将迷失在不可名状的时间建筑中。

对于那些想要从事怪奇小说写作的人来说，这真是难能可贵的忠告[1]。对于那些初读洛夫克拉夫特的人，这是一块垫脚石（这些话的出处，即维勒贝克的这本随笔也一样是），可以让我们看到他是怎么着手的。至于他是怎么得手的，那是任何一本书、随笔或大学研讨课都无法解开的谜。这发生在每个读者和他所发现的洛夫克拉夫特之间，后者用引人入胜的长长的段落打开每个人的想象力，它们仿佛在尖叫着，然后化为深夜里的一阵阵呢喃；长夜无眠，一弯冷月从窗棂中凝望进来。

---

[1] 但是，说起来容易，做起来难；相信那个这么说的人吧。（原注）

一个声音在枕头里呢喃。

每一代人里，总有一部分年轻的读者自发地读到了洛夫克拉夫特，就像每一代人里总有一部分会涌向阿加莎·克里斯蒂、布莱姆·斯托克[1]的《德拉库拉》，以及我敢打赌，《哈利·波特》还会再畅销几十甚至上百年。洛夫克拉夫特的独特之处，并且也是令他配得上这部洋洋洒洒、热情洋溢的论著的，倒不是他的文学成就——哦，这是个多么不靠谱的词语——而是他对荒蛮之境的抵抗。和克里斯蒂、斯托克或今天的罗琳不同，洛夫克拉夫特从来都不是一位成功的作家[2]。他默默无闻，徒手创作，薪资微薄，终于贫困潦倒。但，维勒贝克强调："洛夫克拉夫特死了，他的作品诞生了。"从那以后，这些以维勒贝克口中的"大文本"为中心的作品不断地被出版，获得了数以百万计的销售收入[3]。

---

[1] 亚伯拉罕·斯托克（Abraham Stoker，1847—1912）：或称布莱姆·斯托克，爱尔兰作家，以1897年的小说《德拉库拉》闻名于世。

[2] 再也没有比维勒贝克讲述H. P. L. 在纽约找工作未果的最后那句话更令我心碎的了："他开始变卖家具。"（原注）

[3] 这笔钱以前去了哪儿，现在去了哪儿，在洛夫克拉夫特进入公版领域之前还会去哪儿，将是个有意思的研究课题。他与索尼娅·格林的短暂婚姻并没有留下后代，很长一段时间里，H. P. L. 的版权落在由唐纳德·旺德雷和奥古斯特·德雷斯建立的阿卡姆之屋出版社手中，此二人受到了洛夫克拉夫特的深刻影响。后来，德雷斯和古怪的旺德雷不睦，德雷斯独立领导阿卡姆之屋直到去世。这家出版社如今不在了，但洛夫克拉夫特的著作权现在似乎属于奥古斯特的女儿埃普丽尔·德雷斯。有一点是肯定的，有人通过继承这位在贫困潦倒中死去的孤独天才变成了百万富翁。（原注）

但洛夫克拉夫特作品的财务性遗产并不令维勒贝克感兴趣，也并不怎么吸引我们的兴趣。相反，他的创造性遗产却极大地吸引了我们。维勒贝克提到两位受到洛夫克拉夫特影响的作家：弗兰克·贝克纳普·朗[1]和罗伯特·布洛克[2]。另外还有几十位作家，从杰出的得克萨斯人罗伯特·E. 霍华德[3]——他写的野蛮人柯南的故事在很多方面都是对洛夫克拉夫特不加掩饰的戏仿，并催生了整整一种类型文学——到乔伊斯·卡罗尔·欧茨[4]，后者对洛夫克拉夫特推崇之至，坦言他影响了自己的一些“哥特”小说。但是，在霍华德和欧茨之间（而且我很难想象两者在文学上的差别有多大），还有众多的作家——整整一座文学的万神殿——曾被洛夫克拉夫特和他的梦所染指，有的是直接的，有的是间接的（我在十岁的时候读到了罗伯特·布洛克，在不知不觉中认识了洛夫克拉夫特），有的被正面击中，有的只是被想象的翅膀轻抚而过。这

[1] 弗兰克·贝克纳普·朗（Frank Belknap Long，1901—1994）：美国作家，以恐怖小说、科幻小说、哥特小说闻名，也是克苏鲁神话的重要贡献者。

[2] 罗伯特·布洛克（Robert Bloch，1917—1994）：美国小说家，代表作有《惊魂记》，1960 年被希区柯克改编为同名电影。

[3] 罗伯特·E. 霍华德（Robert Ervin Howard，1906—1936）：美国作家，被誉为“剑与魔法小说之父”，代表作为《蛮王柯南》。

[4] 乔伊斯·卡罗尔·欧茨（Joyce Carol Oates，1938—　）：美国作家，以揭露美国社会的暴力行径和罪恶现象而闻名，被认为是 1960 年代以来最重要的美国小说家之一。

张名单包括：克拉克·阿什顿·史密斯[1]、威廉·霍普·霍奇森、弗里茨·莱伯[2]、哈兰·艾里森、乔纳森·凯勒曼、彼得·史超伯、查尔斯·威勒福、波比·Z. 布莱特、詹姆斯·克鲁姆利、约翰·D. 麦克唐纳、麦可·谢朋、拉姆齐·坎贝尔、金斯利·艾米斯、尼尔·盖曼、弗兰纳里·奥康纳和田纳西·威廉斯。而这仅仅是名单的开头。

但这组名字并不一定是最重要的。对大多数见习读者来说，在十三至十七岁之间存在着一个盲点。在这个年纪，他们几乎全部放下了儿童读物，但还没有开始阅读成年人的书。我们知道，很多人一辈子都没走出这一步。走进成年之后的这些人的家里，我们可能只会发现《读者文摘》《国家询问报》《笑话大王》之类的书。有些孩子在那个年纪会放下《神探南茜》和R. L. 斯坦[3]转而去读阿加莎·克里斯蒂、迪恩·孔茨[4]，也许还有斯托克的《德拉库拉》。这些人会在未来的居所里堆满时令的畅销小说，并继续给丹妮尔·斯蒂尔[5]的退休账户

---

[1] 克拉克·阿什顿·史密斯（Clark Ashton Smith，1893—1961）：美国作家，洛夫克拉夫特作家圈的成员。

[2] 弗里茨·罗伊特·莱伯（Fritz Reuter Leiber, Jr.，1910—1992）：美国作家，主要创作幻想、恐怖和科幻小说。

[3] R. L. 斯坦（Robert Lawrence Stine，1943— ）：美国作家，主要创作儿童恐怖小说，被称为“儿童文学界的史蒂芬·金”。

[4] 迪恩·孔茨（Dean Koontz，1945— ）：美国作家，被誉为新生代惊悚小说大师。

[5] 丹妮尔·斯蒂尔（Danielle Steel，1947— ）：美国作家，当今美国文坛最为畅销的言情小说家之一。

死命塞钱。

但还有第三组——总是有第三组的，他们并不满足于这样一张贫乏的书单，渴望着某种更危险的东西。是的，即便它来自他们的枕头，在深夜里，当窗棂间凝望过来的月亮更像一个头颅而非流行歌曲里的浪漫形象的时候。是的，即使这样。我认为，正是这第三组人让洛夫克拉夫特在死后仍然永垂不朽，尽管——讽刺至极的是——他曾不可妥协地与生为敌。

所有的文学，尤其是怪奇文学和奇幻文学，是读者和作家用来逃避生活的洞穴。（正是出于这个原因，很多家长和老师看到青少年手里拿着一本洛夫克拉夫特、布洛克或克拉克·阿什顿·史密斯的时候，很可能会大吼大叫："你读那没用的玩意儿做什么？"）正是在这些洞穴里，在这些避风港里，我们舔舐着伤口，准备着现实世界里的下一次厮杀。我们对这些场所的需要永远都不会降低，所有热衷逃避文学的读者都将会证实这一点，而且它们对于潜在的严肃读者和作家，在他们从儿童想象向着更为细腻、更为严密的成人想象演化的那些脆弱的岁月里尤其有用。简而言之，在创造性想象发育的过程当中[1]。

---

[1] 或者，在很多情况下——这操蛋的社会——它萎缩成微不足道的一团，只能想象着有朝一日开着道奇招摇过市或者（那得绞尽脑汁想象才行）顺利通过《美国偶像》的试镜。（原注）

请理解我吧。我得把你交到米歇尔·维勒贝克专家级的手里了，我希望在离开之前能得到你的理解。我不是说洛夫克拉夫特（莱伯、阿什顿·史密斯或者我自己）是一位不成熟的作家，只被那些不成熟的大脑所喜爱，一旦叛逆期的风暴平息，就可以将他甩到一边。这都是胡扯，跟针对爱伦·坡的最早的抨击一样是陈词滥调。这些抨击对坡没有起到任何作用，对洛夫克拉夫特更是毫不奏效，他的“大文本”是想象力的里程碑，上至花甲老人，下至志学少年，都在他的作品里获益良多。最后（对此，你该会松一口气吧），我想说，米歇尔·维勒贝克的评论随笔史无前例地证明了洛夫克拉夫特醇熟的成就。如果你读过洛夫克拉夫特的全部作品，那么《反抗世界，反抗人生》将会令你心生重读的念头，并以全新的眼光来看待它们；如果你是第一次和普罗维登斯的黑暗王子打交道，那么它将是指引你前路的良师益友。

最后，引用罗伯特·布洛克的一句话：祝君好梦！

史蒂芬·金

缅因州班戈

2004 年 12 月 10 日

序 二

开始写这部评论的时候（应该大约是在 1988 年末），我处于和几万读者一样的状况之中。在十六岁的年纪读到了洛夫克拉夫特的小说之后，我立即就沉迷于他所有的法译作品之中[1]。后来，我又读了一些克苏鲁神话的追随者以及与洛夫克拉夫特亲近的作家（邓萨尼[2]、罗伯特·霍华德、克拉克·阿什顿·史密斯）的作品，但兴致锐减。有时候，甚至相当频繁地，我会重拾洛夫克拉夫特的“大文本”；尽管和我其他的文学口味完全相左，它们却继续对我施展某种怪异的吸引力；当时，我对他的生平一无所知。

现在回过头去看，我觉得我写下这本书，某种程度上是写

[1] 这在当时并不容易。得益于弗朗西斯·拉卡森主编的三卷本洛夫克拉夫特作品集（罗伯特·拉丰出版社“万卷丛书”），情况得到了彻底的改变。（原注）

[2] 爱德华·约翰·莫雷顿·德拉克斯·普朗契特（Edward John Moreton Drax Plunkett，1878—1957）：或称邓萨尼勋爵，爱尔兰作家、剧作家，以创作奇幻小说闻名。

下了自己的第一部小说。一部只有一个人物（H. P. 洛夫克拉夫特本人）的小说；一部带有限制条件的小说，所有涉及的事实，所有引用的文本都必须准确无误；然而，它仍然是某种小说。我初读洛夫克拉夫特时，被惊讶到的第一件事，是他绝对的唯物主义；和许多仰慕者和评论者不一样，他从来都没有将他的神话、神谱、他的“旧日支配者”仅仅视为纯粹的想象产物。令我大为讶异的另一点是他顽固的种族主义；读着那些关于噩梦般造物的描写，我从未想过它们的原型来自现实的人类。对文学中种族主义的分析自半个世纪以来集中于塞林纳[1]，然而洛夫克拉夫特的案例则更有意思也更为典型。在他笔下，理智的构思和对堕落的分析所扮演的不过是次级角色。作为一名奇幻小说作家（最伟大的之一），他猛烈地将种族主义带回其本质的、最深刻的源泉所在：恐惧。从这一点看来，他自己的一生便是例证。他是外省的绅士，自认为盎格鲁-撒克逊血统高人一等，对其他种族表现出冷漠的蔑视。他在纽约下城区的一段经历将改变一切。这些异族的造物成为了竞争者、亲近者和在野性力量领域凌驾其上的敌人。于是，正是在一种渐进式的受虐和惊恐的妄想之下，他发出了屠杀的召唤。

然而，迁移是彻底的。通常来说，极少有作家，包括那些最沉溺于幻想文学的作家，像他那样对现实做出了如此少的妥

[1] 塞林纳（Louis-Ferdinand Céline，1894—1961）：20 世纪最有影响力的法国作家之一，但他在二战期间发表过激进的反犹言论。

协。就个人而言，我显然并没有跟随洛夫克拉夫特的脚步，像他那样厌恶现实主义，对所有与金钱和性相关的题材避之不及；然而，许多年后，我也许从这些我曾称赞他通过系统地使用科学术语和概念“令传统小说框架分崩离析”的写作中获益。不管怎样，在我现在看来，他前所未有地与众不同。我曾经写道，在洛夫克拉夫特身上有某种“并不十分文学性”的东西。在那之后，这一点得到了一种奇怪的印证。在一些签名场合，有时会有一些年轻人来找我给这本书签名。他们通过一些角色扮演游戏和碟片认识了洛夫克拉夫特。他们从未读过他，甚至都没打过主意去读他。然而，奇怪的是，他们希望——在文本之外——知道更多关于他个人，关于他如何构筑他的世界的故事。

创世者的这种神奇的力量，这种幻想的能力在当时可能对我产生了极大的震撼，阻止我——这可能是我唯一的遗憾——对洛夫克拉夫特的文体风格致以足够的敬意。他的写作实际上并非仅仅借助毫无节制和谵语妄念；他的笔下有时还表现出一种细腻，一种罕见的光彩照人的深刻。尤其是在《黑暗中的低语》这部被我的书所遗漏了的短篇中，我们可以读到这样的段落：

“此外，当我们在起伏不定的崇山峻岭中神奇地穿梭时，这片风景仿佛有一种让人昏昏欲睡的魔力，透露着一股奇异的令人心旷神怡的宇宙之美。时间迷失在我们身后的迷宫里，周围只有大片的花海绵延起伏，犹如仙境一般，那些逝去岁月的美好也随之一同重现：灰白的小树林，纯洁无瑕的草场边缘盛开着秋日的芳菲，在远处辽阔的空地上，小小的棕色农庄蜗居在参天巨树之间，在散布着野蔷薇花和蓝草的垂直断崖下方。甚至连太阳的光线似乎也蒙上了一层超凡的魅力，就好像有某种特殊的氛围或躁动覆盖在整个地区的上空。除了在早期意大利绘画的远景中偶能瞥见之外，我还从来没有亲眼见过如此神奇的景象。索多玛[1]与达·芬奇的画作中曾经出现过这样苍茫无边的场景，但只是远远的，并且是画在文艺复兴时期穹顶上。而现在，我们就亲身置身于这样一幅画卷之中，在它的魔法包围之下我似乎感到一种与生俱来或者是从祖先那里继承而来的东西，一种我曾经苦苦寻觅而不得的东西。”

此处，我们见证了这样的一个时刻，极度敏锐的感官感知几乎激发出一种对世界的哲学感知；或者说，我们是在诗歌里。

米歇尔 · 维勒贝克

1998 年

[1] 索多玛（Il Sodoma，1477—1549）：真名为乔凡尼·安东尼奥·巴齐，意大利文艺复兴时期画家。

第一部

另一个世界

“也许，只有经历过很多痛苦，才会喜欢上洛夫克拉夫特……”

雅克·贝尔吉耶

生活是痛苦的，令人失望的。因此，继续写新的现实主义小说是无用的。总的来说，关于现实，我们的所知已经足够，再也不想要知晓得更多。真实的人性只能激发我们含糊的好奇心。所有这些细腻超凡的“观察”，这些“境况”，这些细枝末节……一旦合上书页，所有这些都不过印证了被随便哪个“现实生活”的某一天滋养得白白胖胖的淡淡反胃感。

现在，来听听霍华德·菲利普·洛夫克拉夫特是怎么说的：“我对人性和世界厌烦透了，如果每一页书里不发生至少两起谋杀，或者讲述来自外太空的不可名状的恐怖，那任何一切都无法引起我的兴趣。”

霍华德·菲利普·洛夫克拉夫特（1890—1937）。我们需要一剂至高无上的解药来对抗所有形式的现实主义。

热爱生活的人是不会读书的，另外，也几乎不会去电影院。不管人们怎么说，艺术的世界或多或少是为那些有点儿受够了它的人准备的。

至于洛夫克拉夫特，他比有点儿受够了还要更多一些。1908年，在他十八岁的时候，他经历了某种大家口中的“精神崩溃”，并陷入了长达十来年的嗜睡症当中。在他的同学急不可耐地告别童年，像投入美妙历险中那样投入生活的年纪，他封闭在自己的世界里，除了母亲不和别人说话，白日卧床不起，夜里穿着睡衣游荡。

另外，他甚至都不写作。

他做什么呢？也许会读一点儿书。但是我并不确定。实际上他的各种传记都对此讳莫如深，从各种表象看来，至少在十八到二十三岁之间，他什么都没有做。

然后，在1913年至1918年间，情况发生了非常缓慢的转变。慢慢地，他重新和人类产生了联系。这并非易事。1918年5月，他写信给阿尔弗雷德·加尔平[1]：“我是个半死之人；我的大部分力气用来走和坐；我的神经系统处于彻底的衰弱状态，我昏头昏脑，迟钝无感，唯有遇上特别感兴趣的东西才不会这样。”

---

[1] 阿尔弗雷德·加尔平（Alfred Galpin，1901—1983）：美国文学学者和作曲家，洛夫克拉夫特的密友和通信者之一。

试图给他的生活做出某种心理剧[1]的解读根本就没有什么用。因为洛夫克拉夫特是一个头脑清晰、智慧过人又内心真诚的人。某种可怕的嗜睡症在他十八岁的时候袭击了他，对于其中的缘由，他自己十分清楚。在1920年的一封信中，他细细回顾了自己的童年。他的微型铁路和用包装盒做的火车车厢……他的马车棚，里面放着他的玩偶剧院。之后，还有他的花园，他亲自规划了区域，开辟了小径；花园围绕一块小小的草坪，中间放置了一个日晷，他亲手挖出了一个用于灌溉的沟渠系统。这便是，他说道："我少年时代的王国。"

随后发生了一个插曲，在信的末尾，他写道："我意识到自己长大了，不能再从中获得乐趣。无情的时间将它的利爪落在我的身上，当时我十七岁。大男孩是不会在玩具屋和假花园中玩耍的，我不得不将我的世界转让给隔壁一个比我小的男孩。从那以后，我再没有挖过土，也没有辟过小径或大路；这些事情对我来说关联了太多的遗憾，因为童年的快乐转瞬即逝，一去不复返了。成年，便是地狱。"

成年，便是地狱。面对如此决然的姿态，当今的"卫道士们"会嘀嘀咕咕表示反对，等待时机灌输他们见不得人的言下

[1] 由神经病理学家莫雷诺提出，参与者通过表演形式，重新演绎经历，以解开困扰已久的心事。

之意。也许，洛夫克拉夫特确实无法变成成年人，但更加肯定的是，他并不想变成成年人。考虑到成年人的世界所通行的价值观，我们也很难强求他。现实的原则，愉悦的原则，竞争力，不断的挑战，性和地位……真是叫人苦不堪言。

洛夫克拉夫特知道，他和这个世界没有什么关联。他在这场游戏里满盘皆输，不论是在理论上还是在实践上。他失去了童年，也失去了信仰。世界令他反感，但定睛看去，他看不到任何事物可以以其他形式存在的理由。他将宗教视为“裹着糖衣的幻想”，随着知识的进步变得陈腐不堪。在他罕见的心情愉悦的时期，又将宗教信仰称为“施了魔法的小圈子”；然而，归根结底，那是一个他自感没有一席之地的小圈子。

很少会有人如此沉浸于，深入骨髓地沦陷于一种杜绝了所有人类希冀的绝对的虚无之中。宇宙不过是基本粒子转瞬即逝的组合，一种最终将发展为混沌的过渡阶段。人类将会消失。其他种族将会出现，然后消失。天空将变得冰冷而空无，被半死恒星的微弱星光所照亮。这些恒星也终将消失。一切都将消失。人类行为就如基本粒子的自由运动一样自由且无意义。善，恶，道德，情感？不过是纯粹的“维多利亚式的虚构”。只有自私自利继续存在，冷冰冰的，完好无损，光芒万丈。

洛夫克拉夫特十分清楚，这些结论令人沮丧。他在1918年写道：“所有的理性主义都趋向于对生命的价值和重要性作出最低的评估，减少人类幸福的总体数量。很多时候，真相可能导致自杀，或至少造成几近自杀的抑郁。”

他将把唯物主义和无神论的信念一以贯之，带着受虐狂的愉悦一字一句地不断对此进行阐述。

当然，生命没有什么意义。但死亡也没有意义。这便是我们初入洛夫克拉夫特的世界之时为之感到血液凝固的一大发现。他笔下主人公的死亡没有什么意义。死亡并不带来任何解脱，它完全不意味着故事的终结。洛夫克拉夫特冷酷无情地摧毁了他的人物，就如肢解一个玩偶一样不带任何感情。宇宙的恐惧对这个微不足道的波折无动于衷，它将继续扩张。伟大的克苏鲁从沉睡中苏醒了。

伟大的克苏鲁是何方神圣？就和我们一样，是电子的组合。洛夫克拉夫特的恐怖完全是物质层面的。然而很有可能，通过宇宙力量的自由角逐，伟大的克苏鲁获得了远胜于我们的能力和行动力。原则上来说，这可并不怎么令人心安。

从那些无法言表的奇境魔域旅行归来之后，洛夫克拉夫特并没有什么好消息要转达给我们。他向我们表示，也许确实有什么东西遮遮掩掩，在现实的帷幕下若隐若现。实际上，只是某种微不足道的东西。

实际上，在我们有限的目力所及之外也许还有其他生物存在。其他的造物，其他的种族，其他的概念和其他的智慧。在这些生物中，可能有一些的智力和知识要比我们高得多。但这并不是一个好消息。凭什么认为这些与我们如此不同的造物会表现出某种精神属性呢？毫无任何根据表明它们会超越自私和恶毒的普世法则。想象有一些睿智而仁慈的生物在宇宙的边缘等待着我们，指引我们达到某种和谐之境，这十分可笑。要想象接触之后它们将如何对待我们，最好还是回想一下我们是如何对待兔子和青蛙之类的“低等智慧”的。最好的情况下，它们会成为我们的食物；有时候，我们常常会出于单纯的乐趣而杀死它们。这便是，洛夫克拉夫特警告我们，我们与“陌生智慧”未来关系的真实图景。也许某些漂亮的人类样本会有幸死在解剖台上，就这样。

而所有这一切，我再说一遍，不会有任何意义。

二十世纪的人类正在完结，这绝望的宇宙便是我们的宇宙。在这卑鄙的世界里，恐惧层层叠叠堆成同心圆直到成为无可名状的神启。在这世界里，我们唯一可想象的命运便是被生吞活剥。我们将这个世界视为我们的精神世界。对于那些想要通过一记快速准确的扫描就了解精神状态的人来说，洛夫克拉夫特的成功本身便是一种症状。今天比之往昔更甚，我们可以将《关于已故者亚瑟·杰尔敏及其家系的事实》一作开篇的原则申明占为己有：“生活是某种丑陋的东西；在我们对生活的所知背后，隐现出将生活变得愈加丑陋的恶魔般的真相所发出的光辉。”

然而，悖论在于，比之现实，我们可能更喜欢这个世界，尽管它十分丑陋。在这一点上，我们绝对是洛夫克拉夫特所期待的读者。我们阅读他的神话，所处的精神状况就和他写下这些故事的时候一样。撒旦或奈亚拉托提普，这并不重要，但我们再也无法忍受现实主义了，一分一秒都不行。如果非要实话实说的话，撒旦在某种程度上可耻地绕开了我们寻常的罪孽，因而有点贬值了。还是选择奈亚拉托提普吧，他像冰一般冷漠、狠毒，且不是人类。萨布-亥伽，奈亚拉托提普！

为什么在那些对生活感到厌倦的人看来，阅读洛夫克拉夫特构成了某种反常的慰藉？这很好理解。我们可以将他推荐给所有出于这样或那样的原因而对生活感到嫌恶的人。初次阅读对神经的震动在某些个案中相当可观。他们兀自微笑，哼唱起轻歌剧的曲调。总之，他们看待存在的眼光发生了改变。

自从雅克·贝尔吉耶将病毒传播到法国以来，读者数量得到了极大的增长。和绝大多数感染者一样，我本人在十六岁的年纪在一位“友人”的介绍下发现了 H. P. L. 。这真是一记震荡。那时我还不知道文学能做到这样。另外，对此我也并不十分信服。因为，在洛夫克拉夫特笔下有某种并非真正文学的东西。

为了说明这一点，首先我们认为有不下十五名作家（其中有弗兰克·贝克纳普·朗、罗伯特·布洛克、林·卡特[1]、

[1] 林·卡特（Linwood Carter，1930—1988）：美国科幻和奇幻小说家、编辑、评论家。

弗雷德·查佩尔[1]、奥古斯特·德雷斯[2]、唐纳德·旺德雷[3]……）将他们的写作全部或部分致力于发展或充实H. P. L. 所创造的神话。这种行为并不是私底下偷偷摸摸的，而是坦然为之。这种承继关系甚至被系统性地通过词语的通用而加强了，这些词语因而具有了咒语的价值（阿卡姆以西的荒岭、密斯卡托尼克大学、千柱之城依阑[4]……拉莱耶、萨纳斯、大衮、奈亚拉托提普……其中的佼佼者是那不可名状、亵渎神明的死灵，它的名字只能被低声呼唤）。呀！呀！莎布·尼古拉丝！那孕育千万子孙的黑山羊！

在一个将原创置于艺术首位的时代里，这个现象是令人吃惊的。事实上，正如弗朗西斯·拉卡森[5]及时指出的那样，这在荷马和中世纪的武功歌[6]以来是前所未有的。我们不得不谦卑地承认，洛夫克拉夫特是一位“神话的奠基者”。

---

[1] 弗雷德·查佩尔（Fred Chappell，1936—　）：美国小说家、诗人。

[2] 奥古斯特·威廉·德雷斯（August William Derleth，1909—1971）：美国作家，洛夫克拉夫特的密友，他与旺德雷成立的出版社阿卡姆之屋出版了很多洛夫克拉夫特的作品。

[3] 唐纳德·旺德雷（Donald Wandrei，1908—1987）：美国科幻和奇幻小说家、诗人、编辑，洛夫克拉夫特的密友。

[4] 出现在洛夫克拉夫特小说中的城市，现实世界中，阿拉伯半岛上的确有座千柱之城依阑。

[5] 弗朗西斯·拉卡森（Francis Lacassin，1931—2008）：法国记者、作家、编剧。

[6] 中世纪出现在欧洲的一种文学体裁，以韵文诗的形式来讲述战士的功绩，代表作品有《罗兰之歌》。

仪式文学

创造一个伟大的流行神话，便意味着创造一种令读者迫不及待参与的仪式，使他们怀着与日俱增的愉悦一次一次经历它，每一次被大同小异的重复话语所诱惑，将其视为一种新的深化。

这样一介绍，事情就显得几近简单了。然而，文学史上成功的例子却很鲜见。实际上，这并不比创造一门新的宗教简单。

为了弄明白其中的关键，需要亲身体会一下夏洛克·福尔摩斯去世的时候笼罩整个英国的那种沮丧的情绪。柯南·道尔别无选择：他不得不让笔下的主人公死而复生。柯南·道尔被福尔摩斯之死打败了，他缴械投降，一种无可奈何的悲伤情绪笼罩了大众。往后，人们只能满足于五十来篇现有的《福尔摩斯探案集》，将它们翻来覆去读了又读。他们只能满足于后来者和评论家的文字，带着无可奈何的微笑迎接那些不可避免（有时甚至滑稽好笑）的戏仿，同时在内心保留对故事核心，对神话中心的怀念。也许，印度殖民部队的一只旧行李箱里奇迹般地保存着一些尚未出版的《福尔摩斯探案集》……

柯南·道尔的仰慕者洛夫克拉夫特成功地创造了一个同样流行，同样鲜活而不可抗拒的神话。这两个男人有一个共同点，可以说，他们都是讲故事的高手。当然。但是还有别的东西。不论大仲马还是凡尔纳，他们讲起故事来都不赖。然而，他们的作品中并不具备贝克街的侦探那样的高度。

福尔摩斯的故事以一个人物为中心，而在洛夫克拉夫特的作品中，我们不会遇到任何真正的人类。当然，这是一个重要的，甚至非常重要的区别；但并不是真正本质的区别。我们可以将其中的差别用有神论宗教和无神论宗教之间的不同来打个比方。两者之间最基本的共同特点，真正称得上宗教意味的特点，很难加以定义——甚至难以面对面地比照。

还有一个我们可以注意到的差别——对于文学史来说是微不足道的，对于个人来说是悲剧性的——那就是柯南·道尔有足够的机会意识到自己正在孕育一个本质上的神话学。洛夫克拉夫特并没有。死的时候，他坚信自己的创作会随着身故而湮没。

尽管如此，他已经有了一些弟子。但他并不将他们视为自己的弟子。他确实与一些年轻作家保持着通信（布洛克、贝克纳普·朗……），但并不明确地建议他们走上与自己一样的道路。他并不以导师或模范自居。他带着足以引以为范的谨慎和谦虚接受了他们的处女作。他是他们真正的朋友，友好、殷勤、和善；从来不是思想导师。

终其一生，洛夫克拉夫特都表现为一个真正的绅士，当文学校订工作没有获得报酬的时候，他没有去催促债主，他还总是低估了自己对一些没有他的话根本无法一见天日的短篇所做出的贡献，最后，他绝对做不到有信不回。

当然，他很希望成为作家。但对此他并不执着。1925 年，他在意志消沉的时候写道：“我几乎下定了决心不再写什么神话故事，而仅仅在有此念头的时候满足于想象，并不停下来做出将梦想之物抄录给猪猡大众这等有伤大雅之事。我得出一个结论，文学并不是一名绅士合适的目标；写作决不能仅仅被看作一项我们应该不时地怀着鉴别力沉湎其中的高雅艺术。”

幸好他继续写下去了，而且他最杰出的作品诞生于这封信之后。但自始至终，他都首先是一位“来自普罗维登斯（罗得岛州）的宽厚老绅士”，而从来，从来都不是一位职业作家。

相反，洛夫克拉夫特这个人之所以吸引我们，一部分是因为他的价值观与我们是完全对立的。他是根深蒂固的种族主义者，公然的反动派，鼓吹清教的禁欲，排斥“直接的色情行为”。他坚决反对商业，鄙视金钱，视民主为笑话，进步为空幻。“自由”这个美国人如此珍视的字眼只换来他些许忧伤的冷笑。他毕生保持着一种贵族阶层对整个人类的蔑视，同时对个体却又极度地彬彬有礼。

不管怎么样，作为个体和洛夫克拉夫特打过交道的人在得知他死讯的时候都感受到了巨大的悲伤。比如，罗伯特·布洛克这样写道：“如果我知道他真实的健康状况，我就是双膝跪地也要到普罗维登斯去看他。”奥古斯特·德雷斯倾尽余生，致力搜集、整理和出版他死去朋友遗留的散乱之作。

亏得德雷斯和其他一些人（但主要是德雷斯），洛夫克拉夫特的作品得以一见天日。今天，它向我们展现出一座庞大的巴洛克建筑，宽敞奢华的楼梯盘旋而上，仿佛向心的圆环围绕恐怖旋涡和至臻奇境渐次更迭。

—— 第一环，也是最外面一环：信件和诗歌。只有其中一部分得以出版，被翻译成法语的尤少。说实话，信件的情况令人吃惊：大约有十万封，其中有一些长达三十或四十页。至于诗歌，目前还没有完整的统计。

—— 第二环包括洛夫克拉夫特参与的短篇小说，要么是在一开始就以合作的形式进行创作（比如与肯内特·斯特灵[1]和罗伯特·巴洛[2]），要么是洛夫克拉夫特担任了校稿工作（此类例子数量甚众；洛夫克拉夫特的参与比重不一，有时甚至达到了将文本完全重写的程度）。

这一类中我们还可以加上德雷斯根据洛夫克拉夫特留下的笔记和片段创作的短篇小说。[3]

---

[1] 肯内特·斯特灵（Kenneth Sterling，1920—1995）：美国医生和医学研究员，也是一位科幻小说家，洛夫克拉夫特的密友和通信人之一，二人曾合作《厄瑞克斯之墙》。

[2] 罗伯特·巴洛（Robert Barlow，1918—1951）：美国先锋诗人、人类学家、历史学家，洛夫克拉夫特的密友和通信人之一，也是其指定的遗著管理人。

[3] “已读”丛书出版后，H. P. L. 那张椭圆形照片成为了经典。（原注）

—— 第三环所涉及的是真正由霍华德·菲利普·洛夫克拉夫特创作的短篇作品。当然，这里的每一个字都是有重量的；全部作品已有法语版本，我们再不能奢望这部分作品继续扩大。

最后，我们还可以划出第四个环，即 H. P. L. 神话的核心，最老到的洛夫克拉夫特迷口中的“大文本”。出于纯粹的愉悦，在此我将它们一一列出，并附上创作日期：

《克苏鲁的召唤》（1926）

《星之彩》（1927）

《敦威治恐怖事件》（1928）

《黑暗中的低语》（1930）

《疯狂山脉》）（1931）

《魔女屋中之梦》（1932）

《印斯茅斯小镇的阴霾》（1932）

《超越时间之影》（1934）[1]

另外，就如一层飘动的雾气一般，在洛夫克拉夫特创造的建筑上空笼罩着他自身人格的怪异阴影。我们可以认为，围绕其人其事、所作所写的崇拜是夸张的，甚至是病态的。然而，一旦沉浸在那些“大文本”之中，我们就会改变想法。对于一

[1] 这八篇最先翻译成法语的作品构成了“未来表现”丛书的第四和第五册，是传奇的开端。（原注）

个施与你如此多恩惠的人，崇拜是自然而然的事情。

一代一代的洛夫克拉夫特迷便是如此。就这样，“普罗维登斯遁世者”的形象如今就和他自己的作品一样变成了神话。而且，尤其令人着迷的是，所有去神话的尝试都失败了。任何“严密”的传记都无法成功驱散环绕着他的悲怆的怪异性形成的光环。斯普莱格·德坎普在五百页的文字最后坦白道：“我并没有完全搞明白 H. P. 洛夫克拉夫特是谁。”不管我们以何种方式去看待他，霍华德·菲利普·洛夫克拉夫特都是一个非常特别的人。

洛夫克拉夫特的作品可以被比作一架巨大的造梦机器，其体积和功率都是闻所未闻的。他的文学里没有平静和克制；它对读者意识的冲击迅猛无比；并且这种冲击只会慢慢散去，而这种缓慢是危险的。再读一遍也不会带来显著改变；只会令我们产生这样的疑问：怎么回事儿?

这个问题在 H. P. L. 的个案里没有任何冒犯或可笑的成分。实际上，相较“正常”的文学作品而言，他作品的特性在于，他的弟子们觉得可以，至少在理论上，通过合理使用老师指点的素材，获得同等质量甚至更高质量的结果。

从来没有人认真考虑过要延续普鲁斯特。却有人真的想要延续洛夫克拉夫特。而且并不只是一些屈于次要地位的致敬或戏仿之作，而是真正的延续。这在现代文学史上是绝无仅有的。

此外，H. P. L. 所扮演的造梦者角色并不仅限于文学。他的作品尽管更为隐秘，却和 R. E. 霍华德的作品一样，为奇幻文学领域带来了深刻的革新。即便一贯对文学敬而远之的摇滚音乐也坚持向他表示敬意——这种敬意越来越有力，神话色彩越来越浓厚。至于洛夫克拉夫特的作品与建筑或电影领域的关联，敏锐的读者一眼就能看出来。一个新的世界正在建构之中。

这就体现了构筑地基的砖块和构建技术的重要性。它们可以令影响深远无边。

第二部

突击的技术

地球的表面如今覆盖着一张完全由人类制造的网眼极度密致的网络。

在这张网络中流淌着社会生活的血液。人员、货物和食品的交通；各种交易、销售订单、采购订单、相互交汇的信息、智力和情感的交流……这些无止息的流通令人眼花缭乱，人类所沉迷的是自身活动的诈尸。

然而，在那些网络的网眼相对宽松的地方，一些陌生的实体令那些“渴求知识”的研究者百思不得其解。在那些人类活动停止的地方，在那些“地图上的未名之地”，古老的神明匍匐其间，伺机而动。

就如在鲁卜哈利沙漠，在这片位于内阿拉伯的可怕沙漠里，于 731 年前后，在与世隔绝十年之后，走出了一位名叫阿卜杜拉·阿尔哈萨德的伊斯兰诗人。他对伊斯兰教的种种教规失去了兴趣，之后几年间致力书写一本大逆不道的渎神之作，即令人望而却步的《死灵之书》（其中有几册躲过了火刑的迫害，穿越了历史的长河），最后他在大马士革集市广场上被一群看不见的魔鬼在光天化日之下生吞了。

在西藏北部人迹罕至的高原上，堕落的丘丘人对一位被他们称为“旧日支配者”的丑恶神灵顶礼膜拜。

在那南太平洋浩瀚的水域里，不经意的火山爆发将一些奇特的残片送入人间，作为某个绝非人类造物的雕像或几何物体存在的证明，土阿莫土群岛冷漠而又邪恶的土著们匍匐在地，在它们面前卑躬屈膝。

在各种交通要道的交错中，人类建造起巨大而丑陋的大都市，每个人被隔绝在彼此面目相似的建筑物中某个无名的公寓里，自以为处于世界的中心，是衡量一切事物的标杆。然而，在这些掘地昆虫挖出的洞穴之下，无比古老而又无比强大的造物正缓慢地从睡眠中醒来。石炭纪的时代它们便已在那里，三叠纪和二叠纪的时代它们便已在那里；它们见证了第一只哺乳动物新生的啼哭，也将见证最后一只哺乳动物临终的嘶吼。

霍华德·菲利普·洛夫克拉夫特不是一位理论家。就如雅克·贝尔吉耶在说到恐怖与奇幻的中心是唯物主义时所看到的那样，他创造了一种新的样式。问题的关键不再如吸血鬼和狼人的故事中那样是相信或不相信的问题；没有什么重新解释的可能，没有逃脱。任何奇幻故事都是心理学故事，是可以讨论的。

然而，他似乎并没有全然意识到自己在做什么。他确实写了一篇一百五十页的关于奇幻领域的论文。但反复阅读《超自然恐怖文学》后却有点儿令人失望；总的来说，我们甚至会觉得这本书有点儿过时了。最后我们明白了这是怎么回事：就是因为它没有把洛夫克拉夫特自己在奇幻领域的贡献包括进去。从书中我们可以知道他学识渊博，品味不凡；我们可以知道他崇拜爱伦·坡、邓萨尼、麦钦[1]、布莱克伍德[2]；但完全猜不出来他以后会写些什么。

这篇论文写于 1925—1926 年间，正是 H. P. L. 开始写作“大文本”系列之前。这可能并非巧合：他无疑感受到了某种并非有意识的需要，可能甚至也不是无意识的，我们更偏向于说是生理的需要，想要回顾一下奇幻领域的既有成就，然后投身一条全新的道路，从而打破传统。

在探究 H. P. L. 所使用的写作技术的时候，我们也可以试着在他给年轻通信者的书信、评论和建议里寻找蛛丝马迹。但是，我们再一次发现，结果是令人困惑和失望的。首先是因为洛夫克拉夫特很在意他的对话者。开始时他总是试图理解作者想要做什么；然后他只严格根据所讨论的作品给出一些具体而零星的建议。更有甚者，他常常给出一些忠告，而他自己却是此类忠告的最大违反者；他甚至会建议对方“不要滥用诸如怪物般的、无法名状、无法形容等等之类的形容词”。在读到这些内容的时候，我们感到十分惊讶。唯一的整体性指示出现在 1922 年 2 月 8 日写给弗兰克·贝克纳普·朗的一封信里：“我

[1] 阿瑟·麦钦（Arthur Machen，1863—1947）：英国作家，洛夫克拉夫特曾在《超自然恐怖文学》中将他列为超自然主义恐怖小说四位奠基人之一。

[2] 阿尔杰农·布莱克伍德（Algernon Blackwood，1869—1951）：英国记者、小说家，以创作大量灵异小说闻名。

从未试图去写一个故事，而是等待着一个故事发出被书写的需求。当我摩拳擦掌想要写下一个传奇故事的时候，结果是平庸的，质量欠佳的。”

然而，洛夫克拉夫特并不是对写作手法的问题无动于衷。和波德莱尔、爱伦·坡一样，他深信某些套路、程式和对称手法的刻板运用可以帮助作家达到至臻之境。他甚至在一本三十页篇幅的名为《理性之书》的小书手稿中对此进行了初次的概念阐述。

在该书非常简短的第一部分，他给出了关于短篇小说写作（不管是不是奇幻题材的）的总体建议。然后，他试图为“恐怖小说常用的基本恐怖要素”著书立说。该书的最后一部分尽管篇幅不长，却包含了1919年至1935年间陆续写就的一些笔记，每条长约一行，任何一条都可以作为某部奇幻小说的开篇。

怀着其一贯的慷慨，洛夫克拉夫特自愿将这本手稿借给他的朋友传阅，并嘱咐他们不必客气，尽管在自己的笔下使用这条或那条创意。

这本《理性之书》实际上是激发想象力的神作。它包含了令人目眩的写作胚芽，其中百分之九十没有被使用过，不管是洛夫克拉夫特还是别人都没有。该书短小的理论部分印证了洛夫克拉夫特就奇幻文学，就各种话题，就他与人类意识的基本要素（如“基本恐怖要素”）之间的紧密关联所作出的高超看法，比如：“每一个脚步都在不可避免又神秘莫测地走向命运。”

但从 H. P. L. 运用的写作手法来看，我们所知并不多。尽管《理性之书》可以提供一些基石，却对如何将它们筑垒起来讳莫如深。可能我们对洛夫克拉夫特要求得太多了。要同时拥有他的天才和天才的智慧可能太难了，甚至也许是不可能的。

要知道得更多，只有一个办法，也是最合乎逻辑的办法：投入 H. P. L. 所创作的虚构文本中去。首先是那些“大文本”，那些他生命的最后十年书写的作品，当时的他正值创作的顶峰。另外还有他前期的作品；从中我们会一一看到他的写作方法的诞生，就如不同的乐器各自尝试着演奏出一曲转瞬即逝的独奏，然后集合起来，投入一场发了疯的歌剧的癫狂当中。

向叙事发起进攻，如一场光芒四射的自杀

奇幻小说的经典写作构思可以概括如下。刚开始的时候，并没有什么特别的。人物沉浸在平凡无忧的幸福之中，以美国郊区的保险经纪人家庭为典型代表。孩子们玩棒球，主妇弹点儿钢琴，诸如此类。一切正常。

然后，慢慢地，一些几乎无关紧要的小插曲相继上演，以一种危险的方式彼此交叠。平凡的外表生出裂痕，令人不安的假设浮出水面。恶的力量毫不留情地降临人间。

需要强调的是，这样的构思确实产生了某些令人印象深刻的效果。作为其中的佼佼者，我们可以提一提理查德·马特森[1]的作品。在其巅峰时代，马特森热衷于选取一些平凡至极的故事背景（超级市场、加油站……），以一种刻意的散漫乏味的笔调开始描写。

霍华德·菲利普·洛夫克拉夫特站在了此类叙事展开的手法的反面。在他那里，没有“平凡的破裂”，没有“起初无关紧要的插曲”……所有这些他都不感兴趣。他并不想花上三十

---

[1] 理查德·马特森（Richard Matheson，1926—2013）：美国科幻文学作家、编剧。

页的篇幅，甚至三页都不想，去刻画某个美国中产家庭的生活。他很愿意就随便什么题材去查找资料，阿兹特克人的宗教仪式或两栖动物的解剖学，但绝不会去探究日常生活。

为了说明这一点，我们可以来摘录一下马特森最成功的作品之一《纽扣》的开篇：

“包裹就放在门槛上：那是一个由胶纸简单封住的正方体纸盒，上面用大写字母写着他们的地址：阿瑟·刘易斯先生和夫人，纽约东三十七街217号。诺玛拾起包裹，将钥匙插入锁孔，走了进去。天黑了。

把羊排放入烤箱之后，她给自己兑了杯伏特加马提尼，坐下来准备拆包裹。

她在里面发现了一份纽扣订单，被固定在一个胶合板做的小盒子上，纽扣上罩着玻璃罩子。诺玛想把它掀起来，但它纹丝不动。她把盒子倒过来，看到一张折起来的纸用透明胶粘在盒子底部。上面写着：斯图尔德先生将于今晚八点来贵处拜访。”

现在再来看一下洛夫克拉夫特“大文本”的开山之作《克苏鲁的召唤》的第一段：

“我觉得，这个世界上最仁慈的事莫过于人类的大脑无法把它的所思所想贯穿起来。我们生活在茫茫漆黑的大海中一个宁静的愚昧之岛上，并且不是非得要去扬帆远航。各领域的科学研究都竭尽全力地沿着自己的方向发展，时至今日尚未给我们造成什么伤害。然而，如果我们有朝一日将所有零碎的知识拼凑起来，那么展现在我们面前的将是一个非常可怕的现实世界，我们的处境也将糟糕透顶。到那时，我们要么被真相逼疯，要么逃离这死亡的光明，进入一个平静而又黑暗的新时代。”

至少我们可以说，洛夫克拉夫特喜欢开门见山。初看之下，这带来了某些不便。实际上，很少有人，不论是否奇幻文学的爱好者，能够在弄清楚这个该死的盒子里到底有什么东西之前放下马特森的小说。H. P. L. 则更倾向于在最初就对读者做出遴选。他是为喜爱奇幻文学的读者而写作的；这些读者最终将会在他去世几年之后出现。

从深层而隐蔽的角度看，那类缓慢展开的奇幻小说在写作方法上存在一个缺陷。通常它只有在我们读过了同类的一系列作品之后才会显现出来。在暧昧而非恐怖的插曲变多了以后，作者其实在玩弄读者的想象力，却没有去满足他；他被催促着快快上路。让读者的想象力自由奔驰，这永远是危险的。因为它完全可以自行得出一些糟糕的、简直糟糕透顶的结论。当作者经过了五十页的辛勤准备之后终于要向我们揭开最终的恐怖谜团之时，有可能我们会觉得有点儿失望。我们期待的是更恶劣的东西。

在其最出色的作品中，马特森在作品的结尾加入了哲学或道德层面的思考，从而成功避免了危险。这些思考如此明显，如此直指人心、恰如其分，使得整篇小说立即笼罩在一种不一样的光彩，一种致命的悲伤之中。但无法改变的是，他笔下那些最美的篇章仍然篇幅短小。

洛夫克拉夫特则对五十或六十页甚至更长的小说得心应手。在其艺术生涯的鼎盛时期，他需要一个足够广阔的空间来安置其宏伟机器的所有元素。各种极点构成了“大文本”，它们的交叠无法满足于十来页的篇幅。《查尔斯·德克斯特·沃德事件》甚至达到了一部小型长篇小说的体量。

至于美国人钟爱的“精彩反转”，洛夫克拉夫特对此的兴趣不甚了了。没有一篇他的小说是以自身的故事结尾的。它们中的每一篇都尖叫着，是某种开放的恐惧中的一环。下一篇小说就从同一点开始，延续读者的恐惧，从中加入新的养料。危险可能会暂时被避开，但伟大的克苏鲁是无法被毁灭的。在其拉莱耶的海底宅邸中，它再次等待着，再次在梦中沉睡：

> “那永恒长眠的并非亡者，在诡秘的万古中即便死亡亦会消逝。”

H. P. L. 的表述是自洽的，他以出人意料的精力进行着所谓的全面攻击。其中，他对理论攻击这种类型尤其偏爱。我们已经列举了《关于已故者亚瑟·杰尔敏及其家系的事实》和《克苏鲁的召唤》。攻击的形式可谓花样百出：“您走进来，在此留下所有的希望。”还有《翻越睡梦之墙》著名的开篇：

“我时常在想，人类中的大多数是否会停下脚步，去回想某些梦境偶然带有的重要蕴意，或者回想那个它们所属的隐晦世界。或许，我们夜间梦境的绝大部分不过是些依照清醒时的经历而产生的奇妙幻影——弗洛伊德曾用他幼稚的象征主义学说反驳过这种论调——然而，还有某些东西，它们脱俗而又飘渺的特质无法用寻常的方式进行解读，而它们所带来的让人隐约觉得兴奋与不安的影响也可能会让人短暂瞥见一片属于精神的领域，这片领域的重要性丝毫不亚于现实生活，却被一道几乎无法逾越的屏障隔离在现实生活之外。”

有时候，出于句子和谐的考虑，他偏爱某种速战速决，比如《门外之物》的第一句话是这样的：“没错，我向我最好朋友的脑袋喂了六颗子弹，但我仍希望通过下面这个故事证明我并不是凶手。”但他从来都选择了反平庸的文风，而且他的办法总是层出不穷。1919年的小说《胡安·罗梅洛的变貌》是这样开始的：“关于1894年10月18日和19日发生在诺顿矿山的事件，我情愿缄口不言。”尽管仍旧平淡散漫，这次进攻却宣告了《超越时间之影》电闪雷鸣的壮丽开篇，这是“大文本”中的最后一部，写于1934年：

“二十二年来，我生活在噩梦和惊恐之中，只有一个绝望的念头勉强支撑着我，那就是某些特定的印象完全源自虚构的神话。时至今天，我已经不敢保证1935年7月17

日至18日我在西澳大利亚发现的事物是否真实存在了。我有理由希望我的经历完全或部分是一场幻觉——是的，我能找出不计其数的原因。然而，这段经历的真实性又过于可怖，我时常觉得那份希望如此虚无缥缈。”

令人惊讶的是，在这样的开头之后他成功地将叙事维持在一个越来越激越的状态。即便他最严厉的诋毁者也一致承认，他有着超凡脱俗的想象力。

相反，他笔下的人物经受不起打击。这是他的猛攻法唯一真正的缺陷。我们常常在读完他的小说之后自问，为什么主人公花了那么多时间才弄明白对他们造成威胁的恐怖到底是什么。他们看起来真是迟钝极了。这当中存在着一个真正的问题。因为，从另一个方面来说，如果他们明白正在发生什么，也没有任何东西可以阻止他们逃离，不致沦为某种下作的恐怖的猎物。而这只会发生在故事的结尾。

有解决的办法吗？也许吧。我们可以想象，他笔下的人物对即将来临的阴暗现实了然于心，但他们仍然决定这么去做。在洛夫克拉夫特的性情里，这样无畏的勇气显然太少了，令他无法在作品中充分刻画它。格雷厄姆·马斯顿[1]和林·卡特曾在这方面做过一些尝试，但结果不太令人信服。然而，看起来确实可以设想一下。我们可以想象一部关于神秘历险的

[1] 格雷厄姆·马斯顿（Graham Masterton，1946—　）：苏格兰恐怖小说作家。

小说，小说人物具有约翰·巴肯[1]式的坚强和毅力，与他们对决的是霍华德·菲利普·洛夫克拉夫特笔下可怖而迷人的宇宙。

[1] 约翰·巴肯（John Buchan，1875—1940）：苏格兰作家，代表作有《三十九级台阶》。

向生活坚定地说出大写的“不”

对整个世界绝对的仇恨，以及对现代社会格外的厌恶。这就是对洛夫克拉夫特的概括。

不少作家用他们的作品解释了此类厌恶的动机。洛夫克拉夫特却没有。在他身上，对于生活的仇恨先于所有文学而存在。对此，他义无反顾。对于任何形式的现实主义的弃绝是进入其小说世界的先决条件。

如果我们不是以作家所涉及的主题来定义他们，而是以他们弃之不顾的主题来定义他们，我们就会发现，洛夫克拉夫特是一个特例。实际上，他所有的作品对两类我们通常认为很重要的现实都没有丝毫涉及：性和金钱。真的一点儿都没有。就好像这些东西不存在似的。以至于当一位女性人物出现在故事里的时候（这种情形只出现过绝无仅有的两次），我们会有一种说不上来的怪异感，就好像他突然一拍脑袋开始去描写一个日本人。

面对如此决然的排斥，有的评论家得出结论，认为他所有的作品实际上都充斥着滚烫的性符号。与这些人沆瀣一气的另一些人则做出了“潜在同性恋”的诊断。然而不论在他的通信中，还是在生活中，这都是些没影儿的事。以及还有其他无聊的假设。

在写给年轻的贝克纳普·朗的一封信中，洛夫克拉夫特在谈到菲尔丁的《弃儿汤姆·琼斯史》时就这些问题给出了坚定的回答。他认为（天哪，他说得多么贴切啊!）这部作品达到了现实主义的顶峰，也就是说平庸的顶峰：

> “一语以概之，我的孩子，我认为此种写作是对生活中最卑微之物有失体统的探究，一种怀着门房或水手的粗鄙之情对庸俗事件奴颜婢膝的抄写。上帝知道，我们在任何一家养殖场就可以看到应有尽有的牲口，也可以在母牛和雌马的交配中观察性爱的所有奥秘。当我看着人类的时候，我渴望看到使之成为人类的种种特性，以及赋予其行为对称性和创造之美的种种点缀。这并不是说我渴望看到他以一种维多利亚时代的方式被假借以虚伪浮夸的思想和动机，而是说我渴望看到他的一举一动被正确地看待，强调其特有的品质，而不是傻乎乎地凸显这些他与随便哪只公猪或公羊所共有的牲畜特性。”

在这大段的抨击之后，他以一句无可挽回的箴言结束道：“我从来不认为现实主义有什么美感。”这并非是隐晦的心理动机引发的自我审查，而是一种美学理念的坚定表述。这是需要弄清楚的一点。我们已经这样做了。

如果洛夫克拉夫特如此频繁地强调其对艺术中色情主义的敌意，是因为他的通信者们（通常是年轻人，甚至常常是些青少年）不断地向他提出这个问题。他真的确信色情或淫秽描写没有任何文学价值吗？每一次，他都兴致勃勃地重新审视这个问题，但他的回答却一如既往：没有，绝对没有。就他自己而言，靠着叔叔的医学典籍，他在八岁以前就对这个话题有了全面认识。这之后，他解释道：“自然就不可能产生什么好奇心了。整个话题化为了动物生理的乏味细节，对于某个偏爱异国落日光辉下的仙女花园和金色城邦的人来说毫无兴趣可言。”

我们可能不会把这番告白严肃对待，甚至在洛夫克拉夫特的表态之下觉察出隐晦的道德上的迟疑。那我们就错了。洛夫克拉夫特非常清楚清教徒的禁忌，他对此十分认同，一有机会便大唱圣歌。但这属于另一个层面，一贯被他区别于纯粹的艺术创作。他对于此话题的想法是复杂而细致的。如果说他在作品中拒绝所有与性相关的影射，那首先是因为他认为这种影射在他的美学世界里找不到任何地位。

总之在这一点上，后续的事件给他提供了充足的理由。事实上，有人曾试图在洛夫克拉夫特式的故事情节中加入色情元素。结果惨不忍睹。尤其是柯林·威尔逊[1]，他的尝试显然成为了一场灾难；我们不断感觉到挑逗性的元素被强加进来，以收获更多几个读者。实际上也确实只能多吸引那么寥寥几个。两者的混合在本质上是不可能的。

---

[1] 柯林·威尔逊（Colin Wilson，1931—　）：英国作家、哲学家。

H. P. L. 的写作只有一个目的：带领读者达到痴迷的状态。他想关注的唯一的人类情感是着迷和恐惧。他将自己的小说世界建造于这两者之上，并仅仅建造于两者之上。这当然是一种限制，但是一种有意识的刻意为之。不带自愿盲目的真实创作是不存在的。

为了更好地理解洛夫克拉夫特反色情的缘由，也许有必要强调一下，他所生活的时代是以摆脱“维多利亚式的假正经”为特征的。在二十世纪二三十年代，大段大段的淫秽文字成为了创造性想象力的标志。洛夫克拉夫特年轻的通信者们自然不在例外。这就是为什么他们急切地就此话题提出疑问。而他则有问必答，知无不言。

在洛夫克拉夫特写作的时代，人们开始认为对各种性爱经历大书笔墨是一件有意思的事情；换句话说，就是“公开而坦诚地”谈论这个话题。这种坦诚而轻快的态度还没有在金钱、金融交易、不动产管理等方面具有优势。当人们谈到相关话题的时候还是习惯于或多或少将它们置于社会学或道德的角度来考虑。在这一点上真正的解放直到六十年代才出现。无疑，正是出于这样的原因，洛夫克拉夫特的通信者们并不认为应该在以下这点上征询他的意见：和性一样，金钱在他的故事中没有任何地位。我们找不到任何有关他笔下人物经济状况的指射。同样地，他对此丝毫没有兴趣。

在这种情况下，我们毫不意外洛夫克拉夫特对资本主义时代的伟大心理学家弗洛伊德没有表现出丝毫好感。这个“交易”和“转让”的世界，这个让人有误入董事会之感的世界，对他来说不具备任何诱惑力。

但是，除了很多艺术家都共有的对心理分析学的厌恶之外，洛夫克拉夫特还有几个额外的小小理由将弗洛伊德视为“维也纳的江湖医生”。那就是，弗洛伊德自说自话就谈起了梦，谈起来还没完没了。而洛夫克拉夫特对梦可说是了然于心，这差不多是他的专属领域。实际上，很少有作家像他那样对自己做过的梦进行了系统性的利用。他将原材料进行分类、处理；有时候，他对梦境大为欣喜，甚至等不及完全清醒就立即将故事写下来（比如《奈亚拉托提普》）；有时候他只留下某些元素，以便插入到一篇新的小说中去；但不管怎么样，他将梦看成是十分严肃的东西。

我们也许会认为，洛夫克拉夫特对弗洛伊德表现得颇有节制，只在书信中咒骂过他两三回；但实际上他认为没什么可说的，心理分析自会逐渐消亡。尽管如此，他还是抽空用几个字概括了弗洛伊德理论的核心：“幼稚的象征主义”。我们可以就这一话题写上长篇累牍的论述，却找不出比这更为精辟的用词。

事实上，洛夫克拉夫特并没有小说家的态度。几乎随便哪个小说家都将事无巨细地展现生活的画卷视为己任。他的任务在于投去一束新的“亮光”，但对于事实本身，他毫无选择。性、金钱、宗教、科技、意识形态、财富分配等等，一个好的小说家什么都不该忽视。并且，所有的这一切必须被放置于一个大体上自洽的世界观之内。很明显，这个任务对于人类来说是几乎不可能的，结果也几乎总是令人失望的。这真是件苦差事。

一位全面表现生活的小说家，最后必定会以一种更隐晦和更令人不愉快的方式多多少少与之妥协。洛夫克拉夫特却没有这个问题。我们可以反驳他说，这些令他感到无聊的“动物生理”细节在存在中扮演着重要的角色，甚至正是它们促成了种族的延续。可是种族的延续跟他有什么关系。“为什么您如此关心一个被判了死刑的世界将来会怎么样?”就如一名记者向“原子弹之父”奥本海默询问科技发展的长远后果时，后者回答的那样。

为世界重建一种自洽或可接受的形象，洛夫克拉夫特对此毫不在意，所以完全没有理由向生活妥协，也不需要向幽灵，向“背后世界”或任何什么东西妥协。所有对他来说没意思的东西，或者说艺术价值低下的东西，他都决然地选择无视。这种限定赋予了他力量和高度。

我们再次强调，这种创作限定与任何意识形态“贩卖”无关。当洛夫克拉夫特对“维多利亚式虚构”，即那些向人类行为附加虚假和浮夸动机的教化小说表示鄙视的时候，他绝对是真诚的。即便萨德眼神犀利，对此的评价也不会比洛夫克拉夫特更毒辣。那是一场意识形态“贩卖”，试图将现实装入事先建立的框架内。那是残次品。洛夫克拉夫特不会试图用不同的颜色去描绘他所不喜欢的现实元素；他坚决地无视了它们。

他在一封信中快速地陈述了自己的理由：“在艺术上，意识到世界的混乱并没有什么用，因为这种混乱是全然的，任何被写下的文本都无法给出哪怕一个概况。我无法构想任何生活和宇宙力量结构的真实图景，只有简单的点依照没有确定方向的螺旋结构排列而成的混乱一团。”

但如果我们仅仅将这种自主的限定视为一种哲学上的立场，而忽视了它同时也是一种技术上的必需的话，那我们就没有完全理解洛夫克拉夫特的观点。某些人类的动机确实在他的作品中没有任何地位；在建筑领域，必须做出的首要选择之一便是所使用的原材料。

那么，您将看到一座雄伟的教堂

我们可以形象地将一部传统小说比作一座置于水中正在漏气的破充气房。我们会目睹空气缓慢地从四处流泻，就如体液化脓一般，最后只剩一堆模糊而随意的虚无。

洛夫克拉夫特则将他的手有力地戳向充气房的某些点（性、金钱……），那些他不希望有任何瓜葛的点。这是收缩的技术。结果就是，在他所选的地方，气体四射，绽放出非凡的意象。

在初次阅读洛夫克拉夫特的小说后，给人留下最深印象的可能是《超越时间之影》和《疯狂山脉》中对建筑的描写。相较其他作品，在这些作品中，我们更有一种面对新世界的感觉。恐惧本身消失了。所有人类感情都消失了，只留下迷醉，前所未有地如此纯粹地被隔离开来。

然而，在 H. P. L. 想象中的庞大城堡底部潜伏着噩梦般的造物。我们知道它们的存在，但倾向于忘记它们，一如故事的主人公，被纯粹的美学狂热所牵引，仿佛行进在梦境中一样走向灾难的命运。

这些描写的阅读先是激发，随后又消解了一切视觉改编的企图（图像的或是电影的）。一些形象出现在意识当中，但它们都不够卓尔不群，不够不可方物，没有一个够得上梦境的高度。至于纯粹的建筑上的挪用，至今还没有相关尝试。

我们尽可以大胆假设，某个年轻人在读完洛夫克拉夫特的小说后大受鼓舞，进而去学习建筑。他很可能会感到失望，遭受挫折。现代建筑的功能性乏味而平淡，它竭力展示简单而贫乏的形状，使用冷冰冰的不明所以的材料，因而太过明确，无法成为偶然的结果。没有人，至少在几代人之前，能够将依阑宫殿仙幻的城墙重建出来。

我们会逐渐地从各个角度认识一座建筑，*我们在其内部移动*；那里有一个元素永远无法被绘画或电影重现；而霍华德·菲利普·洛夫克拉夫特却以惊人的方式在小说中重新创造了这一元素。

洛夫克拉夫特是天生的建筑师，却没有什么画家的天赋；他的颜色并不是真正的颜色，而更多的是一些氛围，或者更确切地说，一些*照明*，其唯一的功能就是突出那些他所描绘的建筑物。他对残月苍白的微光有着特殊的偏好，但也不排斥浪漫派夕阳的如血如炭和无法企及的天蓝色水晶般的澄澈。

H. P. L. 所想象的那些巨大而荒诞的构造对我们的神经产生了猛烈而决定性的震撼，甚至比皮拉奈奇[1]或蒙素·德斯

[1] 皮拉奈奇（Piranese，1720—1778）：意大利素描家和铜版画家。

德里奥[1]杰出的建筑画稿还要猛烈（这是一个悖论）。我们以为已经在梦境中游览过这些庞大的城邦。事实上，洛夫克拉夫特只是尽其所能地照搬他自己的梦境。之后，面对这气势恢宏的建筑，我们会不由自主地想到："这太洛夫克拉夫特了"。

当我们翻阅他的通信集时，洛夫克拉夫特的第一个成功秘诀便立即显现出来。霍华德·菲利普·洛夫克拉夫特属于那些为数不多的人，他们在面对一座漂亮建筑的时候会感受到一种强烈的美学上的恐惧。当他描绘普罗维登斯钟楼上方的日出景象或是马布尔黑德那状似阶梯迷宫的羊肠小道时，他失去了所有的衡量能力。形容词和感叹号层出不穷，一段段咒语在他的记忆中回闪，他的胸脯因激动而起伏，一幅幅图像在他脑海中接连而至；他陷入了心醉神迷的谵妄之中。

这里有另一个例子，且看他是如何向姑母描绘他对纽约的第一印象的：

> "从这儿望出去，我几乎因为美学上的狂热而晕厥——薄暮时分，摩天大楼笼罩在无数光辉之中，玻璃竞相反射，水面上跳跃着船只的灯火，最左侧是光辉的自由女神像，右侧是布鲁克林桥闪烁的桥拱。这是比旧世界的传奇之梦更强大有力的东西——地狱般的雄伟灿若群星——一首巴

[1] 蒙素·德斯德里奥（Monsù Desiderio）：两位17世纪意大利画家迪迪埃·巴拉和洛兰·弗朗索瓦·德诺美的笔名。

比伦大火中的诗歌！（……）

除此之外，还有透过港口怪异的噪音发出的怪异光线，那里是全世界交通最为繁忙的地方。雾笛，巨轮的钟楼，远处传来绞车的吱咯声……对岸是印度遥远的海岸，花园环绕的奇异塔楼香火旺盛，使得羽翅闪亮的鸟儿啾啁不休，手牵骆驼的商人身着鲜艳的长袍，在檀木搭就的酒馆门口与粗嗓门的水手践行着物物交易，后者的眼波中反射着大海的全部奥秘。丝绸、香料、孟加拉国做工奇特的黄金装饰品、雕刻得奇形怪状的神灵和大象翡翠，还有玉髓。啊，上帝啊！愿他显灵，让我能描述这场景的神奇！”

同样，在塞勒姆[1]的四坡屋顶前，他将看到一队身穿素色黑袍、头戴圆锥小帽的清教徒将一位嚎啕的老妇拖向柴堆。

洛夫克拉夫特一生中都梦想着去欧洲旅行，但他一直没有足够的经济条件去实现梦想。然而，如果有美国人天生就对旧世界的建筑宝藏称道不已的话，那便是他。当他说“因为美学上的狂热而晕厥”时并没有夸大其词。之后他将郑重其事地向克雷纳[2]表示，人就像珊瑚虫一般——唯一的宿命便是“建

[1] 马萨诸塞州一座历史悠久的滨海城市，发生过塞勒姆审巫案，最后有 20 多人因涉及巫术而被处刑。

[2] 莱因哈特·克雷纳（Reinhart Kleiner，1892—1949）：美国诗人，洛夫克拉夫特最早的通信人之一。

筑雄伟的、矿物质的巍巍高楼，以便月亮在死去之后能够照亮它们”。

经济拮据之下，洛夫克拉夫特从未离开过美洲——连新英格兰都几乎没有离开过。然而，鉴于他面对金斯波特或马布尔黑德表现出的强烈反应，我们可以设想一下有一天他如果造访萨拉曼卡[1]或沙特尔大教堂会是什么感受。

因为，他向我们描绘的梦想中的建筑是哥特式或巴洛克式的大教堂，一种彻底的建筑。它们的平面与体积强烈地表现出伟大的和谐；小钟楼、清真寺尖塔和高悬深渊之上的桥梁充斥着繁复的装饰，与光滑赤裸的石块巨大的表面积形成对比。在地下深处，浅浮雕、高浮雕和壁画装饰着由连绵的斜面相互连接而成的雄伟穹顶。许多建筑见证了某个种族的兴盛和衰落；另一些更简单、更具几何规则的则流露出令人不安的神秘意味。

就像天主教大教堂和印度教神殿一样，H. P. 洛夫克拉夫特的建筑远不只是体积的数学游戏。它深深地带有一种核心编剧理论，一种赋予建筑以意义的神话编剧理论。这种编剧理论将每一寸建筑空间都戏剧化，联合运用不同造型艺术的资源，在建筑之外再加上光线游戏的魔术。这是一种活生生的建筑，因为它建立在一种活的、带有情感的世界观之上。换句话说，这是一种神圣的建筑。

[1] 西班牙旅游胜地之一，拥有两座十分宏伟的大教堂。

您的感官是不可描述的错乱之矢量

“废弃和死亡的氛围令人喘不过气来，鱼腥味几乎令人难以忍受。”

世界臭不可闻。尸体和烂鱼混合在一起的味道。挫败感，令人可憎的蜕化。世界臭不可闻。肿胀的满月之下没有幽灵；只有膨大的尸体，状若圆球，黑不溜秋，几乎要在恶臭的呕吐中爆裂。

不消说触觉。触碰那些生物，那些活生生的实体，是一种令人恶心的渎神行径。它们因可憎的肉芽而肿胀的皮肤流淌着腐败的脓液。它们的吸盘触手，它们的抓取和咀嚼器官构成连续不断的威胁。这些生物和它们可憎的强健体魄。不成形的沸腾物令人作呕，半流产的怪物化身臭气熏天的涅墨西斯[1]；一场对神灵的亵渎。

视觉有时带来惶惶恐怖，有时也带来盘踞在仙境般的楼阁之上不可思议的逃亡怪物。然而，呜呼！我们有五项官能。其他的官能一致证明宇宙实在令人反胃之极。

我们常常注意到，洛夫克拉夫特笔下的人物彼此之间面目

[1] 希腊神话中被人格化的冷酷无情的复仇女神。

相似，尤其是那些“大文本”中的人物，投射了太多他本人的形象。此言不差，如果我们保留“投射”这个词所包含的“简化”的意思的话。这是洛夫克拉夫特真实个性的投射，就好像一个平面可能是某个立面体的正投影那样。确实，我们认得出大致的形状。新英格兰某大学的大学生或教授（尤其是密斯卡托尼克大学），专事人类学或民俗，有时是政治经济学或非欧几何学，为人谨慎内向，脸型颀长瘦削，出于职业和脾性的缘故而去追求精神的满足。这是某种程式，某种典型形象；通常，我们的认识到此为止。

洛夫克拉夫特并不是一开始就选择将一些可相互置换的扁平人物搬上小说舞台。在年轻时代的短篇里，他费尽心思，每次都力图刻画不同的叙事者，社会阶层、个人经历，甚至心理层面都有所不同。有时，这个叙事者是一位诗人，或者一位富有诗意的男子；这种趣味也造成了 H. P. L. 最无可争议的失败。

慢慢地，他才意识到塑造不同的心理是一桩徒劳无功之事。他的人物根本就不需要这些；感官正常对他们来说就足够了。实际上，他们唯一真正的功能是感知。

我们甚至可以说，洛夫克拉夫特对人物刻意的平面化强化了他的小说世界的可信度。太过明显的心理特征会扭曲他们的见证者地位，削弱他们的透明性；我们也便会脱离物质恐怖，进入心理恐怖的领域。但洛夫克拉夫特想向我们描绘的并非精神狂热，而是令人反感的现实。

然而，他的主人公们为这种奇幻文学作家珍视的风格限定做出了牺牲，不断想要证明他们的叙述也许不过是一场噩梦，是大逆不道的读物所导致的狂热想象的产物。这不要紧，我们一秒钟也没有相信过。

洛夫克拉夫特的人物为那些骇人的感知而饱受折磨，他们表现得就像一个静默不动、完全无能为力、陷于瘫痪的旁观者。他们想要逃离，或者沉沦于仁慈的昏迷造成的麻木之中，无所事事。他们在原地定住了，然而在他们周围，噩梦正在降临。视觉、听觉、味觉、触觉逐渐密集，汇成一串可憎的渐强音。

洛夫克拉夫特的文学为那句著名的口号“感官的全面错乱”带来精准又令人不安的意义。比如说，除了《印斯茅斯小镇的阴霾》的读者之外，应该很少有人会认为褐藻气味难闻，让人望而却步。同样，在读过 H. P. L. 之后便很难平静地直视两栖类动物。所有这一切使得高强度地阅读他的作品成为了一场相当恐怖的经历。

将生活中普通的感官感受转变为噩梦的无尽来源，这是所有奇幻作家的大胆赌博。洛夫克拉夫特在这一点上获得了极大成功，令描写带上了他所独有的垂涎淋漓的畸变。我们可以在扔下他的小说的时候远离这些盘踞在作品中的几不成形的混血蠢物，这些步态拖沓蹒跚，身披粗糙鳞皮，鼻孔又平又大，呼吸咝咝作响的外星人，但它们迟早会再次出现在我们的生活里。

在洛夫克拉夫特的世界里，我们应该给听觉保留一个特殊的位置。H. P. L. 对音乐并无多大兴趣，他在这方面的爱好止于吉尔伯特与沙利文[1]的轻歌剧。他在故事写作中却表现出极度灵敏的听力；当一个人物在你面前将双手放到桌上，发出轻微的吸附的声音，你便知道自己是在洛夫克拉夫特的小说里；当你在人物的笑声里听到咯咯的鸡叫声或者奇怪的唧唧虫鸣声时，也会有同样的感觉。H. P. L. 用近乎病态的精确为他的小说设置了配乐，对很多人来说是其小说中最令人魂飞魄散的成功之举。我不想仅仅拿《埃里奇·赞之曲》说事，这篇小说是个例外，光凭音乐本身就造就了恐怖世界；但在所有其他作品中，他灵活地轮番运用视觉和听觉，有时令二者合而为一，有时突然奇怪地一下子令二者分离，轻易便把我们带入神经高度紧张的状态。

下面我就以《与法老同囚》中的一个选段为例，这是一篇应魔术师哈利·胡迪尼的邀约创作的短篇小说，却包含了霍华德·菲利普·洛夫克拉夫特某些最美妙的语言上的精神错乱：

“突然，我的注意力被别的东西吸引了。我分辨出了一

[1] 吉尔伯特与沙利文指维多利亚时代幽默剧作家威廉·S. 吉尔伯特（William S. Gilbert）与英国作曲家阿瑟·沙利文（Arthur Sullivan）的合作。

些东西，在我意识到之前，它们一定早就已经在潜意识里冲击着我的听觉了。我听到某种声音从位于地底更低处的深渊里传了上来，清晰又富有节奏，与我过去听到的任何声音都不一样。我的直觉告诉我，它们非常古老，显然与某种仪式相关；而古埃及学方面的阅读经验让我将这些声音与长笛、萨姆布克琴、叉铃以及小鼓联系了起来。在它们所发出的充满韵律的唑唑声、嗡嗡声、嘎嘎声与打击声中，我感觉到了一丝不同于尘世间任何已知恐怖的惊骇——很奇怪，那是一种与个体的恐惧割裂开来的惊骇，仿佛是对我们星球的一种客观的怜悯，因为它的深处埋藏着这样的恐怖，而这样的恐怖与潘神奏出的刺耳杂音相比有过之而无不及。那些声音越来越响，我感觉它们正在逐渐接近。接着——愿万神殿里的所有神明联合起来，让我的耳朵再也不要听到类似的声音——我开始听到，虽然微弱而遥远，某种行进中的东西所发出的病态的、数千年前的踏步声。

让人毛骨悚然的是，那些脚步如此截然不同，却按照完美的节奏行进着。这些来自地心最深处的怪物肯定已经进行了数千年肮脏的训练……踏步、顿足、行进、阔步向前、缓步迂回、重步蹒跚、匍匐爬行……一切都像邪恶的乐器一般发出极其不谐的韵律。接着……”

这还不是登峰造极的段落。在故事的这个阶段，实际上什么都还没有发生。这些原地顿足、匍匐爬行、缓步迂回的东西还会逐渐靠近。最后，你将看到它们。

后来，在某些晚间，万物酣睡的时刻，你将隐约听到那“行进中的东西所发出的病态的、数千年前的踏步声”。不要因此感到惊讶。这本就是目的所在。

它将勾画出一场彻头彻尾的谵妄

“五条稍长些的淡红色软管从海星状头部的内角中伸出来，终端形成同样颜色的嗉囊状膨胀结构。它们在受压状态下会打开钟形的孔洞，直径最大可达两英寸。孔洞里排列着锋利的白色齿状附生物。可能是嘴巴。所有软管、纤毛以及海星状头部的五个角在发现时都向下紧密收拢；软管和五个角都贴在球根状的脖颈和躯干上。所有的构造都惊人地柔软，却又极其坚韧。

躯干底端十分粗糙，与头部形成对比，而且有着不同的功能。躯干下端连接着浅灰色的球根状伪颈，没有鳃状器官，支撑着淡绿色的海星状结构。肢体肌肉发达，非常坚韧，长四英尺，并且朝末端方向逐渐变细，根部直径七英寸，尖端直径两英寸半。每个尖端连接着淡绿色的三角形膜状物。每张膜上有五条经脉，长八英寸，宽六英寸。这是脚蹼、鳍或伪足，从十亿年前到五千万或六千万年前，它们便开始在岩石上留下痕迹。

从淡绿色海星状结构的五个内角中延伸出两英尺长的淡红色软管，根部直径三英寸，尖端一英寸，带有小孔。这些部位和皮革一样硬，但极具弹性。带有脚蹼的肢体无疑是用来在水里或陆地上进行移动的。发现样本时，所有的肢体都紧紧地贴在伪颈和躯干的底端，和头部的情况一样。”

这段对旧日支配者的描写节选自《疯狂山脉》，已经成为了经典。如果说奇幻小说中有什么出人意料的元素的话，那应该是解剖报告了。除了照抄动物行为百科全书的洛特雷阿蒙[1]之外，我们很难找到洛夫克拉夫特的前辈。而后者肯定从没听说过《马尔多罗之歌》。看起来似乎是他自己发现了这一点：科学词汇的运用可以极大地激发诗意的想象。百科全书式的准确无误、不厌其烦和丰厚的理论支撑可以产生一种令人疯狂和痴迷的效果。

《疯狂山脉》是这种梦幻般精确的杰出代表。所有的地点都给出了名字，字里行间充满了定位的指示；事件的每一个背景地都会通过经度和纬度得到明示。我们仿佛完美地跟随人物的脚步，行走在一张南极的大比例地图上。

这部中篇小说的主人公是一群科考队员，这很有意思地为故事带来了不同的视角：莱克的描述带有动物生理学的色彩，帕波第的描述是地质学的……H. P. L. 甚至还不厌其烦地在科考队中加入了一个奇幻文学的狂热爱好者，某个经常大段引用《阿瑟·戈登·皮姆历险记》的大学生。他不再害怕与爱伦·坡比肩。他在 1923 年还认为自己的作品是“哥特式的灾难”，

[1] 洛特雷阿蒙（Comte de Lautréamont，1846—1870）：法国诗人，《马尔多罗之歌》为其长篇散文诗。

并声称自己是前辈大师，特别是爱伦·坡风格的忠实追随者。但现在他已经不再是了。他在奇幻小说中不断引入人类各个认知领域最奇特的词汇和概念，从而打破了限制自己的框架。出于偶然，他在法国的最早译本是放在一个科幻小说丛书里出版的。这似乎以某种形式宣告了他难以被划分归类。

动物生理学的临床术语以及更加神秘的古生物学词汇（白垩纪科曼齐系中期以来的太古代地层……）并不是洛夫克拉夫特仅有的加在小说世界里的科学术语。他很快就意识到语言学术语的乐趣。“个体的面容黝黑，带着些许爬行动物的特征，说起话来嗞嗞作响，快速发出连串辅音，让人隐约想到某种原阿卡德方言。”

考古学和民俗学也从一开始就成为计划的一部分。“必须修订我们的所有认知，威尔马斯！这些壁画比最古老的苏美尔陵墓还要早七千年！”并且，当 H. P. L. 在叙述中不露痕迹地提到“北卡罗来纳土著某些极其丧心病狂的风俗仪式”的时候，他对于所产生的效果从来都不会失手。然而，最令人吃惊的是，他并不满足于人文科学；他还染指“硬”科学；甚至是理论性最强、与文学世界最不相干的那些。

《印斯茅斯小镇的阴霾》应该是洛夫克拉夫特最令人毛骨悚然的小说了，它的整个故事完全建立在“可怖到几乎难以名状的”基因蜕化这一点之上。这种蜕化首先改变了皮肤的质感和元音字母的发音方式，然后又在身体形状、呼吸和循环系统解剖学上体现出来……对细节的关注和情节的发展方向令阅读过程充满了恐怖。我们将注意到，遗传学在这部作品中不仅被用来引出相关的术语，还充当了叙事的理论盔甲。

在下一阶段，H. P. L. 毫不犹豫地投入到当时尚无人开发过的数学和物理学资源中去。他第一个感受到了拓扑学的诗意，也第一个为哥德尔的逻辑形式系统不完备定理而激动不已。这些奇怪的公理尽管稍稍有些令人望而却步，却促成了构建克苏鲁体系核心的邪恶实体的诞生。

“一个长着东方人眼睛的男子宣称，时间和空间是相关的。”这句来自《许普诺斯》（1922）的话对爱因斯坦的理论做出了奇怪的总结，但它不过是个腼腆的开篇。这场理论和概念的泛滥在十年之后的《魔女屋中之梦》中达到了顶峰。小说中，我们试图弄清楚是何种邪恶的机缘巧合使得一个十七世纪的老女人“获得了超越普朗克、海森堡、爱因斯坦和德西特的数学知识”。不幸的沃尔特·吉尔曼栖身之所的某些角度呈现出令人费解的特点，只能用非欧几何理论才能解释得通。出于对知识的狂热，吉尔曼将大学里教授的所有课程抛在脑后，唯独对数学情有独钟，他在解开黎曼方程方面展露出的天分令厄普汉姆教授大为惊讶。后者“尤其欣赏他关于高等数学理论和某些神秘科学之间存在密切关系的论证部分。吉尔曼提到的这些神秘科学几乎古老到不可想象——属于人类或人类之前，但不管怎样，他们对于宇宙以及运行其中的法则的了解程度要远远超过我们”。洛夫克拉夫特还在作品中加入了他认为“渎神且自相矛盾”的量子力学方程式（在他创作的时代刚刚被发现），沃尔特·吉尔曼最终被一只耗子吃掉了心脏，书中明确地暗示这只耗子来自宇宙中“与我们的时空连续体完全不同”的区域。

在其晚期作品中，洛夫克拉夫特运用了多重途径来描写知识。一篇关于某个西藏原始部落生殖仪式的论文，准希尔伯特空间令人费解的代数特性，对于智利某种半无定形蜥蜴基因突变的分析，一个半疯的方济各会修士所撰写的魔鬼学著作中的淫邪咒语，一群受制于不断增强的磁场的中微子不可预见的运动，某个英国颓废艺术家从未展出过的丑恶雕像……一切都可以用来唤起他的多维世界，在那里，最风马牛不相及的知识领域互相汇集交融，创造出这种诗意的鬼神附身状态，而伴随其右的是不可见天日的真相大白。

科学具有极大的客观描写现实的功能，将为他提供所需要的增强幻想的工具。H. P. L. 追求的是一种客观的恐怖，一种免除了所有心理学和人类内涵的恐怖。就如他所声称的那样，他想要创造一种“即便对于由漩涡星云气体所构成的智慧生物也仍然有意义”的神话学。

就像康德想要奠定某种“不仅适用于人类，也适用于所有理性造物”的伦理学基础一样，洛夫克拉夫特想要创造一种奇幻文学，能够吓坏所有具有理性的造物。另外，这两人还具有其他的共同点；除了身形消瘦、喜爱甜食之外，我们不妨再提一下，有人曾怀疑他们不是完全的人类。不管怎样，“柯尼斯堡的隐士”与“普罗维登斯的遁世者”在他们极具英雄主义但又自相矛盾的超越人性的企图中相遇了。

而后者将迷失在不可名状的时间建筑中

H. P. L. 在其晚期短篇小说中所运用的科学观察报告风格符合以下一些原则：事件和描述的实体越是骇人听闻、不可想象，描写就越是精确，越是带有临床风格。必须借助解剖刀才能将不可名状之物抽丝剥茧。

因此，所有印象主义的写法都是不可取的。洛夫克拉夫特是在建筑一种令人眩晕的文学；没有某种尺度上的不相称，没有细微和无限、零星和无穷之间的并置，便没有眩晕。

这就是为什么在《疯狂山脉》中，洛夫克拉夫特要固执地告诉我们每一处剧情发生地点的经纬度。但同时，他又让那些明显不属于我们星系，有时甚至不属于我们的时空连续体的生物轮番上场。他希望通过这种方式创造出一种摆动感；人物在精确的地点之间位移，却在深渊的边缘摇摆不定。

而在时间领域又是另一回事了。如果那些几亿年外的生物出现在人类的历史中，那么记录下它们出现的确切时间就显得十分重要。这就产生了许多断裂点。如此才能令不可形容的不速之客突然显现。

《超越时间之影》的叙事者是一位政治经济学教授，出生于马萨诸塞州一个“极其正常”的古老家庭。沉着、稳重，没有任何契机能导致 1908 年 5 月 14 日周四发生在他身上的那场巨变。待清醒过来，他以为是偏头痛发作，又照常去上课了。接着，事件便发生了：

“上午十点二十分左右，我的病症彻底发作了。当时我正在给一年级以及几个二年级的学生上政治经济学第六课《历史和现今的经济走势》，我的眼前开始出现一些奇形怪状的物体，我感觉自己正在一个光怪陆离的房间，而非教室之中。

随后我的思绪开始游离，言语颠三倒四，就连学生也感觉出事情不对劲儿了。再后来我就倒下了，失去了意识，瘫倒在椅子上，陷入了无人能够唤醒的昏迷之中。待我恢复身体官能，意识清醒之时，已经过去了五年四个月十三天。”

在昏迷十六个半小时之后，教授苏醒了，但是他的个性似乎发生了微妙的变化。他对日常生活中最基本的现实一无所知，却对发生在遥远过去的事件有着超自然的认识；他还会用令人战栗的话语讲起未来。他在谈话中不时流露出一种奇怪的嘲讽，仿佛他很久以前就已经洞穿了别人的心思。他的脸部肌肉运动也发生了根本变化。家人和朋友对他表现出本能的嫌恶，妻子最终和他离了婚，声称那是一个“篡夺了她丈夫身体”的陌生人。

实际上，皮斯利教授的身体被某个伟大种族成员的灵魂占据了，这些凹凸不平的圆锥体在人类出现之前就已经统治了地球，它们能够将灵魂投射到未来。

纳撒尼尔·温盖特·皮斯利的灵魂重新回附肉身发生在1913年9月27日；转变发生在十一点一刻，于中午过后结束。五年的离别之后，教授的第一句话正是小说开头他给学生上的政治经济课的后续……非常漂亮的对称格式，叙事结构堪称完美。

“三亿年前”和“十一点一刻”的并置同样很典型。而平方立方定律和眩晕效果又是借自建筑学的手法。

所有的奇幻小说讲的都是生活在不可想象的禁忌之地的乱力怪神与凡尘俗世交汇的故事。在洛夫克拉夫特笔下，交汇的路线是详实而明确的，随着叙事的发展越来越紧凑，越来越复杂；正是这种叙事上的准确带领我们进入了不可想象的境地。

有时，H. P. L. 令几条线路相互交汇，就如《克苏鲁的召唤》中那样，令读者为它的结构而惊叹不已。在一个噩梦之夜，一位颓废艺术家制作了一个面目极其可憎的塑像。在这部作品中，安杰尔教授又再次遇到了一例半章鱼半人类怪物的样本。十七年前，它曾令圣路易斯考古大会的与会者大为震惊。这个样本是由一名警探带来的，他在调查一起涉嫌活人祭祀和肢体伤残的巫毒教仪式的过程中发现了它。另一名与会的专家认为这是某些堕落的因纽特人部落崇拜的海洋偶像。

在安杰尔教授于普罗维登斯港口被一名黑人水手撞倒而

“意外”身亡之后，他的侄子接手了调查。他核对了新闻剪报，最后发现了《悉尼公告报》上的一篇文章，文章写的是新西兰一艘汽艇的沉船事故和船员们的离奇死亡。唯一的幸存者约翰森船长疯了。安杰尔教授的侄子动身前往挪威去寻访他，约翰森船长却不知什么原因刚刚死去，他的遗孀交给他一份手稿，上面记述了他如何与某个和雕像怪物一模一样的巨型邪恶生灵在海上狭路相逢的故事。

在这篇横跨三大洲的小说中，H. P. L. 不断变换叙事手法，以造成一种客观的效果：报刊文章、警方的调查报告、科学研究报告……所有的一切汇聚成最终的高潮：这位北欧船长及其不幸的伙伴们与克苏鲁本尊的相遇：“约翰森认为在六个没能逃回船上的人当中有两人在这个该死的瞬间被吓死了。那东西无法用笔墨描述——没有哪种语言足以描写这种令人魂飞魄散、精神错乱的场景，描写这种违反一切物质定律及宇宙规则的可怕之物。”

在下午四点和四点一刻之间，时间的建筑中出现了一个缺口。在随之产生的巨大裂口中，一个可怖的生灵出现在我们的星球上。在永恒的宅邸拉莱耶中，长眠的克苏鲁候汝入梦！

伟大的克苏鲁，地底深处的主宰。毁灭者哈斯塔，行走于风之上的不可名者。奈亚拉托提普，伏行之混沌。阿撒托斯身无定形、痴愚不堪，在无尽的混沌中心口吐秽语，滔滔不绝。

犹格·索托斯与阿撒托斯同为万物主宰，是“一生万物、万物归一者”。这些便是洛夫克拉夫特神话学的主要元素，它们极大地震撼了他的继承者们，直到今天仍然令人痴迷不已。它们是不可名状之物的化身。

洛夫克拉夫特的神话学并不是一种边缘清晰的、严密的神话学，这与古希腊-罗马神话学或者这样或那样的众神图谱完全不一样，后者的体系清晰完整、毫无疑问。洛夫克拉夫特创造的神灵们却相当面目晦涩。他避而不谈它们的力量和权限的分配。实际上，它们的确切属性超出了人类概念的范畴。那些对它们顶礼膜拜的邪书淫典往往语焉不详、自相矛盾。它们保持着难以表述的状态。我们只是短暂地领教过它们可怕的力量；而那些试图知道更多的人类无一例外付出了疯狂和死亡的代价。

第三部分

大屠杀

一旦无精打采的先锋文学病态的迷雾散去，二十世纪也许会在历史上留下史诗文学和奇幻文学黄金时代的称号。它已经造就了霍华德、洛夫克拉夫特、托尔金这三个完全不同的文学世界。他们是“梦幻文学”的三驾马车，评论对他们如何不屑一顾，公众对他们就如何爱戴有加。

这全都没有关系。评论家们最终会承认他们的错误；或者更确切地说，评论家终将死亡，被其他的评论家所取代。就这样，在三十年轻视的沉默之后，“知识分子们”开始向洛夫克拉夫特围拢过来。他们认为此人的想象力非同一般（无论如何，毕竟还是要解释一下他的成功），但他的文风实在不敢恭维。

这不够严谨。如果说洛夫克拉夫特的文风令人无法恭维，我们就可以愉快地理解为，他的文风在文学上并不重要，然后我们就可以翻篇去聊别的了。

然而，这种愚蠢的观点却也情有可原。应该说，H. P. L. 对通常人们一致赞赏的优雅、灵巧、极简和克制的文学理念一点儿也不在意。比如说《与法老同囚》中的这个选段就是例子：

> “我看到了古老埃及的恐怖和病态之处，以及它长久以来与死者的坟墓和神庙所订下的可怖盟约。我看见长着猫、公牛、猎鹰以及朱鹭等动物脑袋的祭司如幽灵般排成的长长队列；那些队列绵延不断地走过地下迷宫与巍峨通廊下的宽阔大道，站在那巍峨通廊的边侧，凡人渺小得如同苍

蝇一般；祭司们向一些难以用文字形容的神明献上无可名状的祭品。巨大的石像在无尽的黑夜中阔步前行，驱赶着大群长着人类面孔、神情讥诮的斯芬克司奔向蜿蜒的河岸，不见尽头的长河里是静滞的死水。而在这些背后，我只能看见原始巫术那无法言说的凶狠恶意，它那黑暗而又没有固定形体的身躯在我身后贪婪地摸索着。”

这样浮夸的段落对于所有博学的读者来说无疑构成了一块绊脚石；但也需要立即指出，这些极端主义的段落无疑是那些真正爱好者的最爱。在这一语域中，洛夫克拉夫特从未被超越。别人尽可以借用他使用数学概念的方式，指明剧情发生的每一处地点的地形，也可以将他的神话学、他想象的各种怪物占为己有，但没有人想过要模仿他的那些段落，在那些段落中他彻底丧失了文风上的克制，将形容词和副词堆砌到无以复加，令此类纯粹谵妄的感叹句横冲直撞：“不！河马不应该有人类的手，也不应该手擎火把！”然而，这恰恰是作品的目的所在。我们甚至可以说，洛夫克拉夫特为“大文本”精心打造了灵巧结构，其唯一的目的便是为这些风格的爆炸做准备。就像在《印斯茅斯小镇的阴霾》中，九十多岁高龄的半疯老酒鬼扎多克·艾伦以如此令人惊呆的方式袒露心声：

“咳，咳，咳，咳！开始明白了吗？也许你该变成那时候的我，半夜三更站在屋顶上望着大海。哎，告诉你吧，小孩子耳朵最好使，我从来不会漏掉奥贝德带着那群人去

> 恶魔礁的任何一句传言！咳，咳，咳！比方说有天夜里我带着老爸的船用望远镜爬上屋顶，看见恶魔礁上挤满了各种黑影，月亮才爬出来就纷纷跳进了大海。奥贝德和那帮人划着一艘平底小船，但那些黑影从恶魔礁的另一侧跳进深水，再也没有浮上来……你想变成那个浑身颤抖的小孩吗？他一个人半夜站在屋顶上看着一群不像人类的黑影……听懂了吗？……咳，咳，咳，咳……”

洛夫克拉夫特和良好品味的代表们之间的区别不仅仅是细节问题。如果在写作过程中一次也没有逾越边界的话，H. P. L. 很可能会认为自己把一篇小说写砸了。他对一位同僚的评价从反方面证实了这一点：“亨利·詹姆斯[1]也许有点儿太啰嗦，太纤细，太习惯于语言的精巧，因此没有真正达到一种野蛮的极具破坏力的恐怖。”

尤其令人惊讶的是，洛夫克拉夫特终其一生都是一位低调的标准绅士，内向而有教养。完全不是那种在公共场合以恐怖和谵妄之语哗众取宠之徒。没有人见过他勃然大怒，或者泪流满面，或者放声大笑。那是精简到极致的一生，所有鲜活的能量都投入到了文学和梦想之中。那是堪称楷模的一生。

---

[1] 亨利·詹姆斯（Henry James，1843—1916）：美国小说家、文学批评家、剧作家和散文家，著有心理恐怖小说《螺丝在拧紧》。

反传记

霍华德·菲利普·洛夫克拉夫特为所有希望搞砸自己人生从而成就自己作品的人树立了榜样。而且在后一点上，结果并不能得到保证。如果一个人面对活生生的现实一直坚持采取完全不介入的策略，他就有可能陷入全然的冷漠，甚至再也写不出东西来；这种情况差点就发生在洛夫克拉夫特身上，并且有好几次。另一个危险是自杀，必须学会和自杀行为谈判；就这样，洛夫克拉夫特在好多年里都随身备着一瓶氰化物。这可能会非常有用，只要能经得住考验的话。他经受了考验，尽管不无艰难。

首先是钱。洛夫克拉夫特出人意料地在这方面展现了一个既贫穷又无私的个体案例。尽管他从来没有陷入赤贫，但他的一生都在经济上捉襟见肘。他在通信中表露，他得时时注意东西的价格，包括一些最基础的消费品。他从来没有能力去进行某项重大的开支，比如买一辆汽车，或者像他梦想的那样去欧洲旅行。

他的收入主要来自帮人改稿。他接受极低的价格，如果是朋友托付的，甚至可以免费。当有账目没有支付的时候，他通常会隐忍不发，就此作罢。对于一名绅士来说，向肮脏的金钱卑躬屈膝，或者在自身利益方面表现出过于强烈的关注，那是有失风雅的。

另外，他通过继承获得了一小笔资产，供他在其后的一生里慢慢消耗，但这笔钱实在屈指可数，除了作为零补并不能派什么大用场。令人揪心的是，去世之时，他的资产几乎为零；就好像他的寿命长度是按照（微薄的）家庭财产数目和他（强大的）节俭能力来严格限定的。

而他自己的作品几乎没有为他带来任何收入。不论如何，他认为将文学当作职业是不合适的。他写道："一位绅士不会试图沽名钓誉，以谋一己私利。"此番宣言尽管言辞恳切，却很难令人信服；我们可以将它看成是一连串心理压抑的结果，但同时也需要看到这是对某种老派行为准则的严格遵照，洛夫克拉夫特对此向来倾力实践。他一直以外省绅士的眼光来看待自己，将文学如美术一般当作自己和某些友人的怡情之乐，对公众的口味、时髦的主题或者其他此类问题毫不在意。这样的人在我们的社会里已经没有任何位置了；他对此心知肚明，但向来毫不在意。不管怎么说，他与真正的"乡村绅士"的不同之处在于，他不名一文；但对此，他仍然毫不在意。

在一个狂热的重商主义时代，看到有人如此固执地拒绝"贩卖自己"，真是一件令人欣慰之事。比如，这里就有一封1923 年伴随他的第一份手稿寄给《诡丽幻谭》的信件：

“尊敬的先生，

我习惯于写一些怪异阴森、怪力乱神的故事，用以自娱自乐。最近，我的十几位朋友敦促我将几篇哥特恐怖小说交给新近成立不久的贵刊。我不堪其扰，在此附上五篇写于 1917 年到 1923 年间的短篇。

前两篇也许是最好的。如果它们不能讨您的欢心，那么就没有必要再读其他的了。(……)

不知道您会不会喜欢它们，因为我对‘商业文本’的要求完全没有顾虑。我唯一的目的便是创造那些奇怪的场景和氛围所带给我的愉悦；而我唯一在意的读者就是我自己。我的楷模是那些前辈大师们，尤其是爱伦·坡，自童年时代起他便是我最喜欢的作家。如果有什么奇迹出现，您打算出版我的故事的话，我只有一个条件：不要删掉任何东西。除非仅仅是一个分号或最后一个逗号的差别，如果作品不能按照它本来写就的样子出版，那么我将十分感激您的拒稿。但在这方面我应该没什么可担忧的，因为我的手稿获得您青睐的可能性微乎其微。《大衮》已经被《黑面具》杂志拒绝过了，我向他们提了一个额外条件，就和这次给您的投稿一样。”

在那之后，洛夫克拉夫特将在很多方面做出改变，尤其是他对“前辈大师们”写作风格的崇拜。但他高傲然而又受虐狂般的态度却不会改变，这种态度具有强烈的反商业性：拒绝将作品做成打印稿，将脏兮兮皱巴巴的手稿寄给出版人，一次不落地提到之前被拒绝的经历……使尽浑身解数唯求讨人厌烦，并且死性不改。在这一点上，他再次和自己过不去了。

“自然，我对爱情之事一窍不通，对此不过粗浅地读过一些书罢了。”

（1919 年 9 月 27 日，写给莱因哈特·克雷纳的信）

洛夫克拉夫特的生平所包含的事件特别少。“什么都没有发生。”这是他书信的主旋律。但我们可以说，尽管他的一生已经缩减到所剩无几，但如果没有与索尼娅·哈夫特·格林产生交集的话，他的人生将彻底空空如也。

和他一样，她投身于“业余新闻”运动。该运动在二十世纪二十年代的美国十分盛行，它为很多远离出版圈的边缘作家带来了目睹自己的作品被印刷、发行和阅读的满足感。这是洛夫克拉夫特唯一的社交活动，为他带来了所有的朋友，以及他的妻子。

两人相遇的时候，她三十八岁，也就是说比他大七岁。她离过婚，带着一个十六岁的女儿。她住在纽约，在一家服装店做售货员。

她似乎对他一见钟情。而另一边，洛夫克拉夫特的态度则十分谨慎。说真的，他对女性一无所知。是她先迈出了第一步，甚至后面的步子。她邀请他共进晚餐，去普罗维登斯拜访他。最后，在罗得岛一个叫白玉兰镇的小城里，她主动亲吻了他。洛夫克拉夫特的脸一阵红一阵白。索尼娅不怀恶意地嘲笑他，于是他便不得不解释，这是自孩提以来第一次有人亲吻他。

这发生在1922年，洛夫克拉夫特三十二岁。他与索尼娅在两年后结婚。日子一天天过去，他似乎逐渐打开了心扉。索尼娅是一位非常可人而富魅力的女性，众人也都赞叹她的美丽。不可思议的事情发生了："老绅士"恋爱了。

后来，在情变之后，索尼娅销毁了所有洛夫克拉夫特写给她的信，只有一封留了下来。某个自认为离群索居的人想要弄明白情为何物，因而这封信显得十分古怪却又打动人心。下面是其中的一个小小片段：

"亲爱的格林夫人，

一个男人和一个女人之间互相爱慕，这是一种想象出来的经验。它令爱的对象与爱的所有者的美学-情感生活发生一种特殊的关系。它取决于一些特殊条件，这些条件必须由该对象来满足。(……)

经年累月对爱情加以维系，适应和默契随之而来；互相之间产生心照不宣的影响，使得回忆、梦想、细腻的美学冲动和对梦想之美的习惯性印象不断发生变化。(……)

青年时期的感情和中年时期的情感有一个相当大的不同。到了快四十或五十岁的时候，人开始发生全面的变化；

> 爱情进入到一种建立在温柔的连接之上的宁静平和的深度，与此相比，青年时如狼似虎的情欲就显得庸俗而粗鄙了。
>
> 青年时代带来刺激性欲和想象的冲动，与之相关的是瘦削的身体、纯真的态度，视觉形象上体现为古典的美学轮廓，象征着某种清新和春天般的不成熟，这些都很美，但与夫妇之爱完全没有关系。”

这些想法从理论的角度来看不无道理，只是看起来有点儿不合时宜。也就是说，作为一封情书，总体上看起来不太寻常。不管怎样，这种直白的反色情主义并没有吓跑索尼娅。她坚信能够打破这位奇怪恋人的迟疑。在人与人的关系中有着一些完全没法理解的东西；这一点在当前的这个例子里展现得淋漓尽致。索尼娅似乎很了解洛夫克拉夫特，他的冷漠、他的克制、他的拒绝和他对生活的厌倦。而他则自认为是个三十岁的老头子，这样的他竟然能同意与这位生机勃勃、丰腴娇俏、充满活力的造物结合，我们感到非常惊讶。况且还是一个离婚的犹太女人；这对于一个像他这样的保守反犹分子来说，本该构成不可逾越的障碍。

有人提出，他希望有人能照顾他；这自然不假，尽管事情的走向最终令这一憧憬残忍地遭到了破灭。作为作家，他当然可以就性与婚姻问题向“获得新的经验”的企图做出让步。最后，还需要强调的是，是索尼娅主动出击，而洛夫克拉夫特从来无法拒绝，不管以何种方式。但最好的解释应该是最难以令人置信的那个：洛夫克拉夫特似乎，在某种程度上，是爱着索尼娅的，就如索尼娅爱着他一样。这两个如此不同却彼此相爱的人，被 1924 年 3 月 3 日的那场婚礼联结在了一起。

纽约的打击

婚后，夫妇二人立即定居布鲁克林，住在索尼娅的公寓里。洛夫克拉夫特将在此度过生命中最不寻常的两年。普罗维登斯愤世嫉俗、阴森肃穆的遁世者变成了一个和蔼可亲、充满生机的人，随时准备着去下馆子或参观博物馆。他寄出一些热情洋溢的信件，宣告自己结婚的喜讯：

“两者合二为一。一名女子姓了洛夫克拉夫特。一个新的家庭诞生了！

我希望您能在这周看到老爹，他总是日出而作，快步地走来走去。另外，还可以预见一项有规律的文学工作——我第一份真正的工作！”

他的通信对象们纷至沓来，洛夫克拉夫特的公寓应接不暇。他们本以为会看到一位失意的老头，却惊讶地发现了一位三十四岁的年轻男子；当时的洛夫克拉夫特体会到的是同样的惊讶。他甚至开始幻想文学知名度，联系出版商，设想获得成功。奇迹的产生归功于索尼娅。

他甚至并不留恋普罗维登斯的大宅，曾经他以为那是他的赖以生存之所。相反，他与纽约的第一次接触令他雀跃不已；我们可以在《他》这篇写于1925年带有强烈自传色彩的小说中找到回应：

“初次来到城里，我曾站在横跨水面的雄伟大桥上，欣赏过它在日暮时分的风景。那些难以置信的尖顶与棱锥如同花朵一般，在一片紫色雾气中亭亭玉立，与天空中燃烧着的金色云彩以及最早升起的几颗星辰竞相嬉戏。而后，在波光粼粼的水面上，窗户一扇接一扇地透出了灯火，渐渐点亮了这座城市。无数提灯在水边摇曳着，闪烁不定。低沉的号角吹响了奇异的和音。于是，整座城市变成了梦境中星光璀璨的苍穹，仙乐飘飘，甜美芬芳。（……）”

洛夫克拉夫特从没有像1924年那样接近过幸福。他们的婚姻本可以持续更久。他本可以在《诡丽幻谭》找到一份撰稿人的工作。他本可以……

然而，一切急转直下，在一桩引起严重后果的小事件之后：索尼娅失业了。她开了一家自己的店铺，但生意不见起色。因此，洛夫克拉夫特不得不找份工作维系家庭开销。

找工作的事却没有任何眉目。他写过几百封求职信，临时工作也不放过……结果却是一场空。当然，他对活跃、竞争力、商业头脑、效率等词所包含的现实意义没有任何概念。但不管怎么样，在当时并不存在经济危机的情况下，他本该能够找到一份权宜的行当……然而什么都没有。在当时的美国经济下，像洛夫克拉夫特这样的个体没有任何立足之地。这是一个谜；而他本人尽管知道自己的不合时宜和能力所限，却并不完全明白。

下面是他最终寄给“潜在雇主”的一封群发信件的节选：

“有人怀疑一位有文化、有智慧的人无法快速在稍稍超出其熟悉领域之外的地方获得应有的工作能力，我认为这种观点十分幼稚；然而，最近发生的一些事无比明确地向我表明，这样的迷信思想流传甚广。我天生的智力和后天的学历令我具备了工作能力，自从我两个月前开始求职以来，我回复了上百条招聘信息，却连一次被好好倾听的机会都没有——显然是因为我无法提供应聘的公司所对应领域的从业证明。我于是放弃了传统的领域，以体验的名义主动与贵司联系。”

这次略显滑稽的尝试（“以体验的名义”尤其不错）掩盖不了洛夫克拉夫特深陷财务窘境的事实。屡屡碰壁令他很意外。但凡他对自己与当时时代的脱节能有所察觉，他也不会遭到如此斩钉截铁的拒绝。之后，信中流露出绝望的情绪，他宣称，“有需要或必要的话，愿意以极低的待遇入职，只领取与见习生相当的报酬。”就连这样也于事无补。他索要的报酬再低也没有人对他感兴趣。对市场经济而言，他是不合时宜的。于是他开始变卖家具。

同时，他对周遭环境的态度发生了恶化。只有穷人才能懂得纽约。洛夫克拉夫特将发现它的另一张面孔。在最初的对城市风光的描写之后，《他》中出现了这样的段落：

“但是，等待我的却不是成功与幸福。刺目的日光下，只有满目的污秽和怪异。那些攀缘蔓延的石块在月光下流露出些许可爱与古老的魔力，但在耀眼的日光下，它们就像象皮肿一样令人作呕。混乱喧闹的人潮拥挤在如同水槽般的街道上。他们是一些身材矮胖、皮肤黝黑、面孔冷漠、眼睛狭小的陌生人，一些既没有梦想也与周边景物毫无联系的狡黠外来者。对于一个有着蓝色眼睛并在内心热爱着整洁的绿茵草地与洁白的新英格兰村庄尖顶的老派人士来说，他们毫无意义。”

我们可以看到，字里行间流露出最初的种族主义痕迹。之后，种族主义将成为 H. P. L. 作品中的重要元素。起初，它表现得极为普通：处于失业和贫穷威胁下的洛夫克拉夫特越来越难以忍受咄咄逼人、冷酷无情的城市环境。他怀着与日俱增的苦涩，发现来自世界各地的移民毫不费力地涌入二十世纪二十年代的美国这口沸腾的坩埚里，而他尽管是纯种的盎格鲁-撒克逊后裔，却永远都在苦苦追寻立足之地。但还有别的，还将会有别的。

1924 年 12 月 31 日，索尼娅前往辛辛那提，她在那儿找到了一份新工作。但洛夫克拉夫特拒绝陪同前往。他无法接受自己被放逐到中西部地区一个寂寂无名的小镇上。不管怎么样，他早已不再相信了——他开始考虑搬回普罗维登斯。我们可以在《他》中追踪到他的心路历程：“在这样的安慰下，我甚至还写了几首诗，同时竭力驱散返回家乡、融入自己人当中的念头，免得自己像是个失败者一般卑贱狼狈地爬回家去。”

他还是在纽约继续住了一年多。索尼娅丢了辛辛那提的工作，但又在克利夫兰找到了新的。这就是美式流动性……她每两周回一次家，给丈夫带回维持生活必须的钱。而他则继续徒劳地寻找工作。实际上，他感到十分别扭。他很想回自己家去，回到普罗维登斯他姑姑们的家里去，但他不敢。他生平第一次无法表现得像个绅士。他是这样在一封给姑姑莉莉安·克拉克的信中描述索尼娅的行为的：

> “我从未见过如此令人肃然起敬的做派，充满了无私和关爱；我所遇到的每一次财务上的困难，只要它们本身是不可避免的，立即就被接受和原谅了……她无私地奉献自己，毫无怨言地接受这无能与美学上的自私，尽管这与最初的希冀完全相反。这是一种如此罕见、如此接近历史上的圣徒的现象，只要有一点点艺术比例感就会怀着最热烈的相互尊重，怀着钦佩，怀着挚爱去回应它。”

可怜的洛夫克拉夫特，可怜的索尼娅。不可避免的事情终归还是发生了。1926 年 4 月，洛夫克拉夫特离开了纽约的公寓，回到普罗维登斯，住到他最年长的姑姑莉莉安·克拉克家中。三年后，他与索尼娅离了婚——之后再也没有结识其他的女性。1926 年，他的生命本身已经终结了。他真正的作品——“大文本”系列——即将开始。

纽约将在他身上留下永恒的烙印。他恨这座现代巴比伦“散发着恶臭，没有固定形状，是一堆东西的杂糅”，他恨这“怪异、杂种、仿冒的巨人，说话叽里咕噜、粗声大气，没有梦想，故步自封”。这种仇恨在1925年间不断泛滥，几近狂热。我们甚至可以说，他的作品中最基本的形象之一——一座宏伟巨大的城市，噩梦般令人作呕的造物在它的深处躁动不安——直接来自他在纽约的经历。

种族仇恨

洛夫克拉夫特实际上一直是一名种族主义者。但在他的青年时代，这种种族主义并没有超出他所属的社会阶层——新英格兰的老派资产阶级，新教、清教徒——所能接受的范围。从这一方面看来，他理所当然地是一位*反动派*。在所有事情上，不管是作诗还是女孩子的衣裙，他都宣扬秩序和传统甚于自由和进步，没有任何创新和离经叛道可言。一言概之，他极其*老派*。对他来说，盎格鲁-撒克逊血统的新教徒理应天生就处于社会顶层；对其他种族（他对他们的认识非常有限，并且毫不感兴趣），他只抱有一种善意而遥远的鄙视。每个人各就其位，避免任何不经深思熟虑的创新，那么一切都会很好。

鄙视在文学上并不是一种高产的情感；它更会激发一种合乎礼仪的沉默。但洛夫克拉夫特后来不得不在纽约生活；在那里他将体会到仇恨、厌恶和恐惧，比之以往更甚许多。就是在纽约，他的种族主义*观点*变成了一种真正的种族主义官能症。由于贫穷，他不得不与这些“污秽、丑恶、噩梦般的”移民生活在同一个街区里。他与他们在街道上并肩而行，在公园里不期而遇。在地铁里，他被一些“傻笑着的油腻黑白混血儿”挤来挤去。他还将在招工的队伍里遇到他们，并且惊恐万分地发现，他上流社会的精致和带有“恰到好处的保守主义”的优雅教育没有为他带来一丁点儿优势。这些品质在巴比伦没有任何流通价值；“贼眉鼠眼的犹太人”和“蹦蹦跳跳、左摇右摆，显得荒诞不经的怪物般的混血儿”，他们的狡猾和蛮力才是这里的主宰。

这已经不是 W. A. S. P. [1] 高高在上的种族主义，而是不得不与狰狞的异族动物分享牢笼的笼中困兽猛烈的仇恨。然而，他的虚伪和优雅教育坚持到了最后；他在给姑姑的信中这样写道：“由于冒失的言语和行为而显得与众不同，这不该是我们阶层的个体所为。”据他的亲信所说，当遇到异族人士时，洛夫克拉夫特会咬紧牙关，脸色微微发白，但仍然保持镇定。他的恼怒只流露在信件里——之后是在他的小说里。慢慢地，这种恼怒变成了恐惧症。他的狂念在仇恨的滋养下达到了偏执狂的程度，甚至演变成视觉的紊乱，衍生出“大文本”语言上的狂乱。下面就是一个例子，且看他是如何向贝克纳普·朗讲述在下东区的一次参观经历并如何描写他眼中的移民群体的：

> “不论我如何费力想象，这些流连于可怕的垃圾场的有机体都不足以称之为人类。他们是猿人和阿米巴虫丑陋的、星云般的雏形，在某种土地腐烂所形成的臭烘烘、黏糊糊的淤泥里胡乱地被捏成形，在肮脏的街道上爬行、渗透，从门窗里进进出出，唯一能令人联想到的是蛆虫或令人不

---

[1] W. A. S. P.，即 White Anglo-Saxon Protestant（白人盎格鲁-撒克逊新教徒）的简称，是指盎格鲁-撒克逊新教徒裔的、富裕的、有广泛政治经济人脉的上流社会美国人，现在可以泛指信奉新教的欧裔美国人。

快的深海生物。这些东西——或者说构成它们的蜕化的、处于发酵中的凝胶状生物——似乎正从这些丑陋的房子巨大的裂隙中渗透、过滤、流淌出来，令我想到成排的肮脏的巨大木桶，满满登登地盈溢出涌动的蛆虫，几将倾倒，将整个世界淹没在一场腐液横流的麻风病灾难之中。

关于这场肮脏的传染病噩梦，我记不起任何一张活人的面孔。个体的怪诞迷失在集体的蹂躏之中；仅在视网膜上留下瓦解和堕落的病态灵魂宽大而鬼魅的轮廓……一张神情讥诮的黄色面具，沾染着黏糊糊的酸性脓液，它们从双眼、双耳、鼻子、嘴巴中汩汩渗出，七窍流脓的同时冒出巨大骇人的溃疡，异乎寻常地沸腾着……”

毫无疑问，这是巅峰的洛夫克拉夫特。哪个种族能如此泛滥成灾？他自己也不太清楚；在某处他提到了“意裔-闪米特裔-蒙古裔”。真实的种族指向不得而知；不管怎么样，他讨厌他们全部，已经无法一一细分。

这种怪诞的幻觉是克苏鲁世界中梦魇般的生物的直接来源。是种族仇恨激起了洛夫克拉夫特心中诗意的焦虑状态。在这种状态下，他在被诅咒的句子有规律的疯狂跳动中超越了自我。是种族仇恨用丑恶和灾难性的光辉点亮了他最后的几部“大文本”。两者的关联在《雷德胡克的恐怖》中体现无遗。

随着洛夫克拉夫特在纽约的日子一天天过去，他的反感和恐惧与日俱增，甚至达到了令人警惕的程度。他这样向贝克纳普·朗写道："我们无法平静地谈论纽约的先天痴呆问题。"在信中稍远处，他又声称："我希望由战争来作为终结——但不要在我们的灵魂从君士坦丁大帝[1]强加的叙利亚迷信所包含的人道主义桎梏中完全解放出来之前。那么，展现我们作为人类和雅利安人的体格力量吧，展开一场无人能幸免的、有去无返的全民性的科学放逐吧！"在另一封信里，他凄惨地充当了鼓吹使用氰气的先驱。

回到普罗维登斯并没有解决问题。去纽约之前，他从没想过在这个迷人的外省小城的道路上会出现外族生物；某种程度上说，他对他们视若无睹。但现在，他的目光被深深地刺痛了；甚至在他钟情的街区里，他发现了这场"麻风病"最初的瘢痕："我们看到一些难以名状却属于活物的东西从各个开口处冒出来，沿着狭窄的街道逶迤而行……"

然而，慢慢地，隐世而居产生了效果。在避免一切与外来种族的视觉接触之后，他稍稍平静下来；他对希特勒的崇拜减弱了。曾经，他在希特勒身上看到的是"令欧洲文明重生所需的基本力量"，最终他却视其为"诚实的小丑"，后来又承认：

---

[1] 罗马帝国皇帝，306年至337年在位，是第一位信仰基督教的罗马皇帝。他在313年与李锡尼共同颁布《米兰诏书》，宣布在帝国辖境内民众有信仰基督教的自由。

“尽管他的目的本身是正确的，但他当前政策荒唐的极端性有可能造成灾难性的后果，有悖于起初的原则。”

同时，对屠杀的呼声变得微乎其微。他在一封信中写道：“要么将他们藏起来，要么杀死他们。”慢慢地，他开始偏向于第一种解决方式，尤其是在一次探望作家罗伯特·巴洛的南方之行之后。在旅行中他惊奇地发现，严格的种族隔离可以使一个受过良好教育的美国白人泰然自若地处于黑人密集的环境之中。于是，他向姑姑描述道：“在南方的海水浴场，黑人被禁止出现在沙滩上。您能够想象一些生性敏感的人正在一群肥腻的大猩猩旁边洗澡吗?”

我们常常低估了种族仇恨在洛夫克拉夫特创作中的重要性。只有弗朗西斯·拉卡森有勇气在《通信集》的前言中诚恳地探讨这个问题。他尤其写道：“克苏鲁神话的冷峻力量来自于施虐的愉悦，洛夫克拉夫特带着这样的愉悦令人类遭受外星生物的蹂躏，这些人类之所以受到惩罚，那是因为他们酷似曾经侮辱过他的纽约贱民。”这一洞见在我看来极其深刻，尽管它并不正确。毫无疑问的是，洛夫克拉夫特就和我们形容拳击手那样，“心怀仇恨”。但需要说明的是，他小说中的受害者通常是由一位盎格鲁-撒克逊裔的大学教授扮演的，风度翩翩、为人稳重、学识渊博。实际上，差不多是他自己的同类。而施刑者，也就是那些邪恶崇拜的仆从，则几乎永远是一些混血儿，一些

"最低贱种族"的杂种。在洛夫克拉夫特的世界里，残忍并不是智慧的结晶，而是野兽的冲动，与最阴郁的愚蠢相得益彰。那些谦恭有礼、举止文雅的个体则成为了理想的受害者。

我们看到，在他的作品中激荡着受虐狂倾向，远远胜过虐待狂倾向；而这恰恰突出了作品危险的深度。就如安托南·阿尔托[1]指出的那样，施加给他人的残忍只能产生平庸的艺术效果；施加给自己的残忍则有意思得多。

确实，H. P. L. 偶尔会表现出对于"北欧金发野蛮人"和"疯狂屠杀凯尔特人的维京人"等之流的崇拜。但这实际上是一种苦涩的崇拜；他觉得自己离这些人物十分遥远，和霍华德不一样的是，他从没想过要将他们引入自己的作品。当年轻的贝克纳普·朗善意地嘲笑他对那些"作为猎物的金发傻大个"的崇拜的时候，他以惊人的坦诚回答道："您说得完全有道理，是弱者崇拜着强者。我就是这样的。"他清楚地知道，自己在瓦尔哈拉英灵神殿[2]里没有任何位置；即便有的话，通常也只有属于败者的位置。这一点深深印在他失败的骨髓里，他全然的、天然的、本质的失败天赋的骨髓里。在他的文学世界里同样如此，他只有唯一的一个位置：受害者的位置。

---

[1] 安托南·阿尔托（Antonin Artaud，1896—1948）：法国戏剧理论家、演员、诗人，法国反戏剧理论的创始人。

[2] 北欧神话中，奥丁命令女武神瓦尔基里将阵亡的英灵战士带来此处服侍，享受永恒的幸福。

如何向霍华德·菲利普·洛夫克拉夫特学习将灵魂变成活体献祭

洛夫克拉夫特的主人公们脱离了所有的生活，拒绝了所有人类的欢愉，成为了纯粹的智慧，成为了唯有一个目的的纯粹灵魂：对知识的探求。在探索的终点，一个可怕的真相等待着他们：从路易斯安那的沼泽到南极的冰原，从纽约的中心到佛蒙特幽暗的乡村山谷，一切都在宣告恶的无处不在。

> “千万不要以为人类是地球上最古老或者最后的主宰，也不要以为那些生命或存在是行走在土地上的全部。旧日支配者们曾经存在，现在仍然存在，并将永远存在。它们并不存在于我们所知的空间里，而是在空间之间。它们举足轻重却无影无踪，强大而又平静。”

恶有着多张面孔，被阴险堕落的族群所崇拜，他们谱写了可怖的颂歌对它顶礼膜拜。

> “犹格·索托斯是门。犹格·索托斯是钥匙和守门人。过去、现在和未来皆汇于它身上。它知晓旧日支配者曾于何处闯过时间的通道；亦知晓它们将于何处再度闯入。（……）
>
> 它们的话语在风中嘶吼，它们的意志令大地呢喃。它们压垮森林，碾碎城市，森林与城市却看不见摧毁它们的手。冰冷荒漠中的卡达斯见过它们，而人类何曾见过卡达

斯？（……）

你会发现，它们污秽难当。它们的手掌扼住你的咽喉，你却毫无觉察。它们的居所与你戒备森严的家门合而为一。犹格·索托斯是开门的钥匙，诸多空间交汇于此。人类如今所支配的，是它们曾经的疆土，而不久它们将要支配人类如今所支配的疆土。夏去冬来，冬去春来。它们耐心十足，蓄势待发，等待终有一日重新统治此间。”

这场宏伟的祈祷引发了诸多感想。首先，洛夫克拉夫特是一位诗人；他位居那些从诗歌开始创作的作家之列。他所表现出来的首要品质，便是他笔下句子和谐的节奏；其他都在其次，并且费力颇深。

其次，应该说这些歌颂全能之恶的宗教诗体现出一种令人不适的熟悉感。总体上来说，洛夫克拉夫特的神话非常新颖；但有时候，可以看出它是一种对基督教主题的可怕倒置。这在《敦威治恐怖事件》中尤为醒目。在这则故事中，一位目不识丁的村妇在未识男女之事的情况下生下了一个具有超人之力的怪物。这个被颠倒的化身故事最终以一场令人作呕的对基督受难的戏仿而结束。怪物在俯瞰敦威治的山峰上被献祭，发出绝望的呼喊：“父亲，父亲……犹格·索托斯！”与“我的神，我的神，为什么离弃我！”[1] 遥相呼应。洛夫克拉夫特在这里找

[1] 出自《圣经·马太福音》27 章 46 节。

到了一个古老的奇幻来源：违背自然的肉体结合产生的恶。这个想法完美地融入了他固执的种族主义；对他来说，就和对所有种族主义者一样，恐怖的极致，比其他种族更为恐怖的，是种族混血。凭借自己在遗传学上的认识和对《圣经》文本的熟悉，他构建了一场前所未有的邪恶力量的爆炸性合成。新的亚当——基督，试图以爱改造人类，洛夫克拉夫特在他的对面安置了“黑鬼”，后者试图以兽性和罪恶改造人类。因为伟大的克苏鲁的时代就要到来了。它降临之时很容易就能辨识出来：“到了那时，人类将变得和旧日支配者一样：自由、野性、超越善与恶，抛弃了所有的道德准则，大声呼喊着在荒淫无度之中自相残杀。被解放的旧日支配者们将重新教会他们如何呼喊，如何杀戮，如何大快朵颐；整个地球将在疯狂的大屠杀的火焰中熊熊燃烧。在那之前，通过恰当的仪式，崇拜将使昔日风俗的回忆日久弥新，从而昭示它们的回归。”

这样，我们就接近了洛夫克拉夫特种族主义的核心。他自认为是种族主义的受害者，并选择了他的刽子手。对此他没有丝毫疑虑：“敏感的人类”将被“肥腻的黑猩猩打败”；他们将被碾碎、被折磨、被吞噬；他们的尸体将在邪恶的仪式中，在狂热的鼓点中被切成碎块。文明的外壳已经碎裂；恶的力量“耐心十足，蓄势待发”，因为它们将要重新统治此间。

对文明堕落的深思不过是拼贴而成的智力上的解释，比之更深刻的是恐惧。恐惧来自遥远的地方；它是憎恶的来源；是它产生了愤怒和仇恨。

身穿僵硬晦暗的套装，习惯于克制情感和欲望的表达，新英格兰的清教徒们有时可以令人忘记他们的动物种源。这就是为什么洛夫克拉夫特接受了他们的陪伴，尽管接受程度颇为节制。他们本身的无足轻重令他心安。但在“黑鬼们”面前，他产生了一系列无法控制的神经反应。他们的活力，他们的无所顾忌令他恐惧，令他反感。他们在街上跳舞，他们听着激烈的音乐……他们高谈阔论。他们在公众场合大笑。他们似乎享受生活；这太令人不安了。因为生活，便是恶。

逆世而为，向死而生

以今天的眼光看来，洛夫克拉夫特显得比从前更加不合时宜，与世隔绝。他生于1890年，但在同时代人的眼里，青年时代的他就已经是个老派的反动人士了。我们很容易就能猜到他对我们时代的社会可能持什么看法。在他死后，社会不断朝着他所厌恶的方向发展。机械化和现代化不可避免地摧毁了他所钟爱的生活方式（此外，他对于人类对事件的控制力不抱任何幻想；他曾在一封信中写道："这个现代世界中的所有一切不过是蒸汽和电力大规模使用的绝对和直接的后果。"）他所痛恨的自由和民主理想在世间传播开来。进步的理念成为了不容置疑的、几近无意识的信条，对此，做出以下宣言的人只会心生怨恨："我们所讨厌的，仅仅是变化本身而已。"自由资本主义的影响扩散到意识领域；与之齐头并进的是重商主义、广告、对效率绝对而可笑的崇拜、对物质财富排他且无尽的追求。更糟糕的是，自由主义从经济领域扩散到了性领域。所有的情感小说都灰飞烟灭了。纯真、贞洁、忠诚、端庄变成了可笑的耻辱。今天，一个人的价值以他的经济效率和性爱潜力来衡量：也恰恰就是洛夫克拉夫特最为痛恨的两样东西。

奇幻小说家通常都是反动分子，原因很简单，他们对恶的存在有一种特别的，我们可以说，专业的认识。奇怪的是，在洛夫克拉夫特众多门徒当中无人惊讶于以下这个简单的事实：现代社会的演变使得洛夫克拉夫特式的恐惧愈加明显和激烈。

我们注意到，其中有一个例外，那便是罗伯特·布洛克，他最年轻的通信者之一（开始通信之时，他只有十五岁）。他最出色的短篇小说是那些向现代社会、青年群体、被解放的妇女、摇滚音乐等等之流直抒仇恨之情的作品。对他来说，爵士乐已经是污秽不堪之物；至于摇滚，布洛克将其视作猿猴式野蛮的回归，是进步主义知识分子虚伪的超道德性煽风点火的产物。在《甜蜜十六岁》中，一群地狱天使在开始的时候仅仅是些沉迷暴力的混混，最后参与到对某个人类学家女儿的活人献祭仪式当中。摇滚、啤酒和残忍。这个故事很成功，条理清晰，逻辑自洽，但将妖魔鬼怪引入现代框架的此类尝试仍然很少见。罗伯特·布洛克凭着他现实主义的文风和对人物所处的社会环境的关注旗帜鲜明地摆脱了 H. P. L. 的影响。在那些与洛夫克拉夫特写作运动有着更为直接关联的作家群里，没有人继承了大师反动的种族恐惧。

确实，这是一条危险的道路，通往的出口也很狭窄。这不仅仅是审查和审判的问题。奇幻作家可能察觉到，任何对于自由的敌意最终会引发对于生活的敌意。洛夫克拉夫特如他人一般察觉到了这一点，但他并没有因此而止步；他是个极端主义者。世界是坏的，坏透了，坏到本质里了，这个结论一点儿都不令他难过；这也是他对清教徒的赞美最深刻的意义所在：他们身上最令他着迷的，是“他们痛恨生活，将生命值得被活过这个说法视为平庸之谈”。我们将跨越将孩童与死亡隔离的漫漫苦海；但我们必须保持纯洁。H. P. L. 并不认同清教徒的希冀；但他认同他们的否定。他在给贝克纳普·朗的一封信中详细阐述了自己的观点（写于他婚礼的前几天）：

> “说到清教徒的禁欲，我对他们的敬佩与日俱增。这是一种将生活变成艺术品的尝试——以便在这动物性存在的猪圈里炮制美的范本，从中迸发出一种对生活的仇恨，镌刻于最深刻最敏感的灵魂之上。我烦透了听到那些肤浅的驴子对清教主义大肆抨击，以至于我都要立志成为清教徒了。一名清教知识分子等同于白痴——和反清教徒没什么两样，但清教徒在为人处世上是唯一一种值得真心尊敬的人。我对那些在生活中既不省心克己又不追求纯洁的人不抱任何尊敬和景仰。”

到了晚年，他表现出些许悔意，面对孤独和人生的失败，有时甚至悲痛万分。但这些悔意，如果可以这么说的话，仍然是理论意义上的。他清楚地记得生命中的各个时刻（少年时代的结束、短暂而具有决定性的婚姻插曲），他本可以在那时转向我们称之为幸福的东西。但他知道，他很可能无法做出不一样的举动。最后，就如叔本华那样，他认为自己“过得还凑合”。

他将勇敢地迎接死亡。罹患肠癌又扩散到全身之后，他于1937年3月10日被送到简·布朗纪念医院。他表现得如同模范病人，文雅、和蔼、坚忍平静、谦恭有礼，给护士留下了深刻的印象，尽管此时他正饱受肉体折磨之苦（幸亏吗啡缓解了他的痛苦）。如果不能说带着一种隐秘的满足，那至少他是顺从地完成了临终仪式。对他来说，从肉体皮囊中溜走的生命是一位宿敌；他曾贬低它，与之鏖战；他不会留下任何遗憾。他平静地死于1937年3月15日。

如传记作家所说，“洛夫克拉夫特死了，他的作品诞生了”。实际上，我们开始将他摆在正确的位置上，与爱伦·坡齐平甚至更高，总之是独一无二的位置。在文学创作屡屡失败之下，他有时会感到蹉跎岁月，终是一事无成。如今，我们可以做出不同的评判；对我们来说，他成为了一个不同世界的关键启蒙者，它位于人类经验的疆域之外，却能带给我们无比精确的情感震动。

这个没有活成功的男人最终凭着写作成功了。他历尽艰辛，历经了时间的洗礼。纽约帮到了他。绅士，和蔼如他，却在那里发现了仇恨。回到普罗维登斯之后，他写出了精彩绝伦的短篇，响亮有力如同咒语，精细入微如同解剖。“大文本”的戏剧结构洋洋大观；叙事的手法干脆、大胆，令人耳目一新；所有这些道不尽我们在他的作品中心感受到的摄人心魄的内部力量。

所有伟大的情感，爱也好，恨也好，最终都能产生真诚的作品。我们可以不胜唏嘘，但必须承认：洛夫克拉夫特更多是站在仇恨一边的；仇恨和恐惧。他所构想的世界在理智上是漠然的，在美学上是敌意的。他自己的生活，本来可能只是一连串平凡无奇的失望的组合，却变成了一场外科手术，一场颠倒的庆典。

他成熟阶段的作品忠实于青年时代肉体的消沉，却又将它改头换面。这便是洛夫克拉夫特天才的顶级秘诀，也是他诗意的纯净源泉：他成功地将对生活的厌恶转变成为积极的敌意。

以不同形式给出生活的另一种可能，不断地与生活对立又不断地依靠于生活：这便是诗人在地球之上的最高使命。霍华德·菲利普·洛夫克拉夫特完成了这项使命。

简要书目

以个人喜爱顺序排列

一、洛夫克拉夫特的作品

1.《超越时间之影》和《星之彩》（德诺埃尔出版社“未来”丛书）。堪称“大文本”。

2.《大衮》（“我读过”出版社或贝尔丰出版社）。有些短篇达到了“大文本”的水准，另一些则是败笔。背景和时代变化多样。一部兼收并蓄的合集，怪异但总体非常成功。

3.《来自犹格斯星的真菌和其他奇幻诗歌》（内欧出版社）。洛夫克拉夫特的诗歌有着令人惊叹的美感，但所有的音乐感都在翻译中消失了。

4.《翻越睡梦之墙》和《异乡人》（德诺埃尔出版社“未来”丛书）。高质量的短篇小说选集。

二、关于洛夫克拉夫特的作品

1.《死灵之书》，合著（“我读过”出版社的“神秘冒险”丛书，或贝尔丰出版社）。这本小书旨在散布精神错乱……并且它成功了。H. P. L. 真的是内行吗？相当独特的一本书。

2.《H. P. 洛夫克拉夫特通信集（一）》（克里斯蒂安·布尔古瓦出版社）。洛夫克拉夫特早年生活的书信选集（至1926年）。引人入胜且生动感人。弗朗西斯·拉卡森书写了精彩的前言。

3.《H. P. 洛夫克拉夫特，关于一生的小说》，里昂·斯普莱格·德坎普著（内欧出版社）。作者对洛夫克拉夫特缺少好感，但写得不错。具备美式传记的所有优点。

Michel Houellebecq
ORIGINAL FRENCH EDITION
H. P. LOVECRAFT CONTRE LE MONDE, CONTRE LA VIE

图字：09－2018－1167 号

图书在版编目（CIP）数据

反抗世界，反抗人生/（法）米歇尔·维勒贝克著；
金桔芳译．—上海：上海译文出版社，2021.12
（维勒贝克作品系列）
ISBN 978－7－5327－8888－0

Ⅰ．①反… Ⅱ．①米…②金… Ⅲ．①散文集－法国
－现代 Ⅳ．①I565.65

中国版本图书馆 CIP 数据核字（2021）第 233573 号

反抗世界，反抗人生
［法］米歇尔·维勒贝克 著 金桔芳 译
责任编辑/黄雅琴 装帧设计/山川制本 workshop 封面图/raintree1969

上海译文出版社有限公司出版、发行
网址：www.yiwen.com.cn
201101 上海市闵行区号景路 159 弄 B 座
苏州市越洋印刷有限公司印刷

开本 850×1168 1/32 印张 3.75 插页 6 字数 51,000
2022 年 7 月第 1 版 2022 年 7 月第 1 次印刷
印数：0,001—6,000 册

ISBN 978－7－5327－8888－0/I·5495
定价：58.00 元